옮긴이

김선영

러시아 극동국립기술대학교에서 '언어학과 문화 간 커뮤니케이션'
을 전공했다. 기업체에서 러시아와 중앙아시아 해외영업을 담당했
으며, 현재는 번역가로서 러시아 고전, 청소년문학, 그림책 등 다양
한 작품을 번역하고 있다. 옮긴 책으로는 톨스토이 단편선 『사람은
무엇으로 사는가』, 도스토옙스키 장편 『가난한 사람들』, 체호프 단
편선 『개를 데리고 다니는 부인』, 청소년소설 『스웨터로 떠날래』, 어
린이소설 『파파테카』 등이 있다. 러시아어 학습자들을 위해 유튜브
채널 〈소피아랑 러시아어〉를 운영 중이다.

사람은 무엇으로 사는가
톨스토이 단편선

초판 1쇄 발행 | 2020년 8월 14일
초판 5쇄 발행 | 2024년 8월 25일

지은이 레프 톨스토이
옮긴이 김선영
발행인 한명선

책임편집 김수경
제작총괄 박미실
디자인 모리스

주소 서울시 종로구 평창길 329(우편번호 03003)
문의전화 02-394-1037(편집) 02-394-1047(마케팅)
팩스 02-394-1029
전자우편 saeum2go@hanmail.net
블로그 blog.naver.com/saeumpub
페이스북 facebook.com/saeumbooks
인스타그램 instagram.com/saeumbooks

발행처 (주)새움출판사
출판등록 1998년 8월 28일(제10-1633호)

• 잘못된 책은 바꾸어 드립니다.
• 책값은 뒤표지에 있습니다.

사람은 무엇으로 사는가

톨스토이 단편선

김선영 옮김

새움

일러두기

1. 이 책은 『레프 니콜라예비치 톨스토이 저작 전집Полное собрание сочинений Л. Н. Толстого』 (Государственное издательство художественной литературы, 1928~1958) 총 90권 중에서 제25권, 제26권, 제31권, 제34권, 제40권에 실린 열세 편을 우리말로 옮긴 것이다.
2. 발표 연대 순으로 수록했고, 각 작품의 발표 연도를 작품 말미에 밝혀 두었다.
3. 작품 속 성서 구절은 두란노서원이 발행한 『우리말성경』을 사용하여 옮겼다.
4. 본문 하단의 설명은 역자의 주이다.

사람은 무엇으로 사는가

ЧЕМ ЛЮДИ ЖИВЫ

우리가 알다시피 우리는 죽음에서 생명으로 옮겨졌습니다. 이 것을 아는 것은 우리가 형제를 사랑하기 때문입니다. 사랑하지 않는 사람은 죽음에 머물러 있는 사람입니다. (요한1서 3:14)

누구든지 세상 재물을 갖고 있으면서 자기 형제나 자매의 궁핍 함을 보고도 도와줄 마음이 없다면 어떻게 그 사람 안에 하나 님의 사랑이 있다고 하겠습니까? (요한1서 3:17)

자녀들이여, 우리가 말과 혀로만 사랑하지 말고 행동과 진실함 으로 사랑합시다. (요한1서 3:18)

사랑하는 여러분, 우리가 서로 사랑합시다. 사랑은 하나님에게 서 난 것이기 때문입니다. 사랑하는 사람은 누구나 다 하나님께 로부터 났고 하나님을 압니다. (요한1서 4:7)

사랑하지 않는 사람은 하나님을 알지 못합니다. 하나님은 사랑 이시기 때문입니다. (요한1서 4:8)

지금까지 아무도 하나님을 본 사람이 없습니다. 그러나 우리가 서로 사랑하면 하나님께서 우리 안에서 계시고 하나님의 사랑

이 우리 안에서 온전히 완성됩니다. (요한1서 4:12)

하나님은 사랑이십니다. 누구든지 그 사랑 안에 거하는 사람은 하나님 안에 있고 하나님도 그 사람 안에 계십니다. (요한1서 4:16)

만일 누구든지 하나님을 사랑한다고 하면서 자기 형제를 미워한 다면 그는 거짓말쟁이입니다. 보이는 자기 형제를 사랑하지 않는 사람이 보이지 않는 하나님을 사랑할 수 없습니다. (요한1서 4:20)

1

제화공이 아내와 아이들과 함께 농부의 집에 세 들어 살고 있었다. 그에겐 자기 집도 땅도 없었고, 신발 만드는 일로 가족과 먹고살았다. 빵은 비싼데 품삯은 낮은 일이었으니, 버는 대로 먹는 데에 써버렸다. 제화공에겐 아내와 함께 입는 슈바* 한 벌이 있었는데 그마저 닳고 해진 상태였다. 그래서 양가죽을 사서 새 슈바를 만들어야겠다고 2년째 마음먹고 있었다.

가을이 되자 제화공에게 아주 적은 돈이 모아졌다. 아내의 농짝에 3루블짜리 지폐가 있었고, 또 마을 농부들에게서 받

---

* 털가죽 외투.

아야 할 5루블 20코페이카가 있었다.

제화공은 슈바 일로 마을에 가려고 아침부터 채비를 했다. 셔츠 위에 솜이 박힌 아내의 무명 웃옷을 입고, 그 위에 모직으로 된 긴 외투를 걸치고, 3루블짜리 지폐를 주머니에 넣고, 나무를 꺾어 지팡이로 삼고, 아침을 먹은 후 출발했다. 그는 '농부들한테서 5루블을 받고, 내가 가진 3루블을 보태서 슈바 만들 양가죽을 사야지.' 생각했다.

마을에 도착한 제화공은 한 농부의 집에 들어갔다. 그런데 농부는 집에 없고 그의 아내가 다음 주에 남편에게 돈을 들려 보내겠다고 약속만 하고 돈은 주지 않았다. 다른 농부에게도 갔으나 그는 하늘에 맹세코 돈이 없다고 했고, 부츠 수선비로 20코페이카를 줄 뿐이었다. 제화공은 외상으로 양가죽을 사려고 했지만 양가죽 장수는 그를 믿어주지 않았다.

"돈을 가져와." 양가죽 장수가 말했다. "그러고 나서 뭐든 고르라고. 외상값 받아내는 게 얼마나 힘든지 알잖아."

그렇게 제화공은 아무 일도 못 보고 부츠 수선비 20코페이카와 가죽을 덧대 달라며 농부에게서 오래된 발렌키*를 받았을 뿐이었다.

제화공은 울적해져서 20코페이카로 보드카를 마셔 버렸고 슈바용 가죽은 구하지 못한 채 집으로 향했다. 아침부터 추

* 펠트로 만든 러시아 전통 겨울 부츠.

위가 느껴졌었지만 술을 마시니 슈바를 입지 않아도 따뜻했다. 그는 길을 걸으며 손에 쥔 지팡이로 굳은 흙덩이를 두드리고 또 한 손으론 발렌키를 흔들어 대며 혼잣말을 중얼거렸다.

"슈바 안 입었어도 따뜻해. 보드카 한 병을 마셨더니 온몸에 피가 도는구먼. 툴루프*도 필요 없어. 불행은 잊고 가는 거야. 난 이런 사람이라구! 나야 뭐, 슈바 없이도 살 수 있어. 평생 필요 없어. 근데 마누라는 힘들어하겠지. 게다가 속상하잖아. 일을 해주고도 이런 취급이나 받고. 너 거기 서봐, 돈 안 가져오면 망신을 줄 테다. 맹세코 망신 줄 거야. 이게 대체 뭐냐고? 20코페이카를 주다니! 20코페이카로 뭘 하겠어? 술이나 마시지. 힘들다니, 넌 힘들고 난 안 힘들어? 넌 집도 있고 가축도 있고 다 있지만, 난 이 몸뚱이가 전부야. 넌 빵도 스스로 마련하지만 난 사 먹어야 된다고. 일주일에 빵 값만 3루블인데, 돈이 어디서 나겠어. 집에 갔는데 빵이 떨어졌네. 그럼 또 1.5루블을 내줘야 돼. 그니까 어서 내 돈 내놔."

제화공은 어느덧 길모퉁이의 작은 예배당에 이르렀다. 그런데 예배당 바로 뒤에 뭔가 희끗한 게 보였다. 날은 벌써 어두워지고 있었다. 제화공은 자세히 쳐다봤지만 그게 무엇인지 알아낼 수 없었다. '돌인가.' 그가 생각했다. '그런 건 여기 없었는데. 짐승인가? 짐승 같진 않고. 머리는 사람 같은데 왜

---

* 가죽의 털 부분을 안으로 가도록 만든 외투.

저리 하얘. 그리고 사람이 여기 왜 있겠어?'

그가 더 가까이 가자 확실하게 보였다. 그런데 이게 웬일인가? 사람이 분명한데 살았는지 죽었는지, 알몸으로 예배당에 기대어 앉아서 꼼짝도 하지 않았다. 제화공은 무서워져서 속으로 생각했다. '어떤 놈들이 사람을 죽이고는 옷을 벗겨서 여기다 버린 거야. 가까이 갔다간 나중에 내가 뒤집어쓸지도 몰라.'

제화공은 옆을 지나갔다. 예배당 뒤쪽에 이르자 그 사람은 안 보이게 됐다. 그런데 예배당을 지나서 뒤를 돌아보니 그 사람이 벽에서 떨어져서 움직이는데 자기를 쳐다보는 것 같기도 했다. 제화공은 더욱 무서워져서 생각했다. '가까이 가볼까, 아님 그냥 지나갈까? 가까이 갔다가 나쁜 일을 당하면 어떡해. 저 사람이 어떤 자인지 누가 알아? 괜히 저렇게 된 게 아닐걸. 가까이 갔다가 갑자기 달려들어서 내 목을 조이면 벗어나지 못해. 목을 조이진 않더라도 귀찮게 엮일 수 있어. 알몸인 사람을 어쩌라고? 내 옷을 벗어 줄 순 없잖아. 이거밖에 없는데. 다만 무사하게 하소서, 하나님!'

제화공은 걸음을 재촉했다. 하지만 예배당을 벗어날 때쯤 양심의 가책을 느꼈다.

제화공이 길에 멈춰 섰다.

"너 도대체," 그가 스스로에게 말했다. "이게 뭐 하는 거야, 세묜? 사람이 화를 당해서 죽어가는데, 넌 겁이나 먹고 지나

치다니. 네가 엄청난 부자라도 돼? 재산을 뺏길까 봐 두려워? 이런, 세묜, 옳지 않아!"

세묜은 발걸음을 돌려 그 사람에게 갔다.

2

세묜이 그 사람에게 다가가 살펴보니 건장한 젊은이였고 얻어맞은 흔적도 보이지 않았다. 단지 추위에 얼어붙고 겁을 먹은 듯했다. 그는 몸을 기댄 채 앉아만 있고 세묜을 쳐다보지 않았다. 힘이 없어서 고개를 들지도 못하는 듯했다. 세묜이 바로 앞에 다가서자 갑자기 그가 정신을 차린 듯 고개를 돌리더니 눈을 뜨고 세묜을 쳐다봤다. 그 눈빛에 세묜은 이 사람이 좋아졌다. 세묜은 발렌키를 땅에 던지고, 허리끈을 풀어서 발렌키 위에 놓고는 외투를 벗었다.

"말은 나중에 하고!" 그가 말했다. "이거 입어! 얼른!"

세묜이 그 사람의 팔꿈치를 붙잡아 일으키기 시작했다. 그 사람이 일어났다. 세묜이 보니 몸은 마르고 깨끗하고, 팔다리도 성하고, 얼굴은 유순했다. 세묜이 그의 어깨에 외투를 걸쳐 주었지만 그는 소매에 팔을 넣지 못했다. 세묜은 팔을 끼우고 외투를 당겨 여미고 허리에 띠를 매주었다.

또 찢어진 모자를 벗어 알몸인 사람에게 씌워 주려고 했는데 머리가 시렸다. 세묜은 '난 아예 대머리인데 이 사람은 긴 곱슬머리잖아.' 생각하고는 다시 모자를 썼다. '부츠를 신겨 주는 게 낫겠어.'

그래서 그 사람을 앉히고 발렌키를 신겨 주었다.

제화공이 옷을 다 입히고 말했다.

"됐어, 동생. 얼른 몸을 움직여서 열을 내. 뭔 일인진 모르지만, 알아서들 해결할 거야. 걸을 수 있겠어?"

그 사람은 세묜을 온화하게 바라보기만 하고 말은 한마디도 하지 않았다.

"왜 말이 없어? 여기서 겨울을 날 순 없잖아. 집으로 가야 돼. 자, 내 지팡이 받아, 힘들면 이걸 짚어. 좀 움직여 봐!"

그러자 그 사람이 걸음을 뗐다. 발걸음은 가벼웠고 뒤처지지도 않았다.

길을 가며 세묜이 물었다.

"어디 사람이야?"

"여기 사람 아니에요."

"여기 사람이면 내가 알지. 어쩌다 여기 온 거냐고, 예배당까지?"

"말하면 안 돼요."

"사람들이 해코지했나 봐?"

"해코지한 사람 없어요. 하나님이 벌주신 거예요."

"그래, 다 하나님께 달렸지. 그래도 어디서든 붙어살아야 할 거 아냐. 어디로 가야 되는데?"

"어디든 상관없어요."

세묜은 의아했다. 불량배는 아닌 것 같고 말투도 부드러운데 자신에 대한 얘기는 하지 않는다. 세묜은 '별의별 일이 다 있으니까.'라고 생각하고 그 사람에게 말했다.

"그렇담 우리 집으로 가자구. 조금이라도 몸을 추슬러야지."

세묜은 걸었고, 나그네도 뒤처지지 않고 나란히 걸었다. 바람이 불기 시작하고 세묜의 셔츠 사이로 냉기가 파고들자 술기운이 달아나며 오싹해지기 시작했다. 그는 코를 콩콩대며 걷다가 아내의 웃옷을 바싹 여미며 생각했다. '슈바 좋아하네. 슈바 사러 갔다가 외투까지 벗어 주고, 거기다 벌거숭이까지 데려가니. 마트료나가 화낼 거야!' 세묜은 마트료나를 생각하자 서글퍼졌다. 하지만 나그네를 보자 예배당 앞에서 그가 던진 눈빛이 떠올랐고 가슴이 기뻐 뛰었다.

3

세묜의 아내는 집안일을 일찍 끝냈다. 장작을 패고, 물을 길러 오고, 아이들을 먹이고, 자신도 간단히 먹고는 빵을 오늘 만들지 내일 만들지 생각에 잠겼다. 큰 빵조각 하나가 남아 있었다.

'세묜이 거기서 점심을 먹고 오고, 저녁도 많이 먹지만 않으면 이걸로 내일까진 될 거야.'

마트료나는 빵조각을 이리저리 돌려보며 생각했다. '오늘은 안 만들어야지. 밀가루도 한 번 쓸 거밖에 없고. 금요일까지 더 버텨 보자.'

마트료나는 빵을 치우고 식탁 옆에 앉아 남편의 셔츠를 깁기 시작했다. 바느질을 하며 남편이 양가죽을 어찌 사올지 생각했다.

'가죽 장수가 속이지나 말아야 할 텐데. 그이가 참 단순하니. 자기는 아무도 안 속이면서 어린애한테도 당한단 말이지. 8루블이면 적은 돈이 아냐. 꽤 좋은 슈바를 만들 수 있어. 무두질이 안 된 거여도 어쨌든 슈바니까. 지난겨울엔 슈바가 없어서 얼마나 힘들었어! 냇가에도 못 나가고, 아무 데도 못 갔잖아. 오늘도 외출하면서 있는 대로 다 걸치고 가서 나는 입을 것도 없고. 아침 일찍 갔으니까 지금쯤 올 때가 됐는데. 우리 소콜릭*이 어디서 술이나 먹고 있는 건 아니겠지?'

마트료나가 이렇게 생각하는 순간 현관 계단이 삐걱거렸고 누군가 들어왔다. 마트료나는 바늘을 찔러 놓고 현관으로 나갔다. 두 사람이 들어왔는데 세묜과 어떤 남자였다. 남자는

---

* 매(맷과의 새)를 뜻하는 단어로, 청년이나 남자를 정답게 일컫는 말.

모자는 안 쓰고 발렌키를 신고 있었다.

마트료나는 남편의 술기운을 금세 알아차렸다. '그럼 그렇지, 마셨네.' 그리고 그가 외투 없이 웃옷만 입고 있고, 손에 든 것도 없고, 말없이 쭈뼛거리는 걸 보자 심장이 터질 것 같았다. '그 돈을.' 그녀는 생각했다. '다 마셔 버렸어, 어떤 난봉꾼이랑 다 마셔 버린 거야. 게다가 집에까지 데려오다니.'

마트료나는 두 사람을 집 안으로 들이고 자신도 들어왔다. 보니 젊고 삐쩍 마른 낯선 사람이 자신들의 외투를 입고 있었다. 외투 안엔 셔츠도 안 보이고, 모자도 없었다. 그는 들어온 고대로 꼼짝없이 서서 눈을 떨구고 있었다. 마트료나는 '좋지 않은 사람이야, 겁을 먹었네.'라고 생각했다.

마트료나는 얼굴을 찌푸리고는 페치카* 쪽으로 비켜서서 그들이 어쩌는지 지켜보았다.

세묜이 모자를 벗고 태연하게 의자에 앉았다.

"마트료나." 그가 말했다. "저녁 좀 차려 봐!"

마트료나가 뭐라 뭐라 좋알거렸다. 그녀는 페치카 옆에 선 채로 꼼짝도 하지 않고 두 사람을 번갈아 보며 고개만 흔들었다. 세묜은 아내가 기분이 안 좋다는 걸 알았지만 어찌 할 수가 없으니 모른 척하고 나그네의 손을 잡아끌었다.

"앉아, 동생." 그가 말했다. "저녁 먹어야지."

* 러시아식 전통 난방장치. 벽돌과 진흙 따위로 만든 난로를 벽에 붙여서 벽에 열을 전달한다. 음식을 조리할 수 있고, 앉거나 누울 수 있는 자리가 딸려 있다.

나그네가 의자에 앉았다.

"왜, 아무것도 안 끓였어?"

마트료나는 화가 솟구쳤다.

"끓였지, 그치만 당신 줄 건 아냐. 보아하니 정신도 말아먹었네. 슈바 사러 가서 외투도 없이 오고, 어디서 벌거숭이 뜨내기나 데려오다니. 술꾼들한테 내줄 저녁은 없어."

"그만해, 마트료나, 왜 쓸데없는 말을 지껄여! 일단 물어보기는 해야지, 이 사람이 누군지……."

"당신이나 말해 봐, 돈은 어쨌어?"

세몬은 외투를 뒤져서 지폐를 꺼내 펼쳤다.

"돈은 여기 있어, 근데 트리포노프가 안 줬어, 내일 주겠대."

마트료나는 더욱 화가 났다. 슈바는 안 사고, 하나밖에 없는 외투는 웬 벌거숭이한테 입혀 주고 집에까지 데려온 것이다.

그녀는 식탁 위 지폐를 움켜쥐고 숨기려고 가져가며 말했다.

"저녁은 없어. 술꾼에 벌거숭이를 어떻게 다 먹이라고."

"어휴, 마트료나, 말조심해. 일단 들어 봐, 무슨 말을 하는지……."

"술 취한 얼간이의 말은 실컷 들었어. 당신 같은 술꾼한테 시집오는 게 괜히 싫은 게 아니었지. 어머니가 준 아마포도 마셔 버려, 슈바 사러 갔다가 그것도 마셔 버려."

세몬은 자신이 마신 건 겨우 20코페이카라고 설명하고 싶

18

톨스토이 단편선

었고, 또 이 사람을 어디서 발견했는지도 말해 주고 싶었다. 하지만 마트료나는 끼어들 틈도 주지 않고 말이 나오는 대로 퍼부었다. 10년 전에 있던 일까지 죄다 들추었다.

쉴 새 없이 말하던 마트료나가 세묜에게 달려들어 소매를 붙들었다.

"내 옷 내놔. 하나 남은 건데 그걸 벗겨서 자기가 입다니. 이리 내, 못난 개 같으니라고, 깡패한테 처맞아도 싸지!"

세묜이 부인용 웃옷을 벗다가 소매가 뒤집어졌는데, 아내가 잡아당기는 바람에 솔기에서 투두둑 소리가 났다. 마트료나는 옷을 낚아채 급히 머리 위로 걸치고는 문으로 향했다. 그녀는 밖으로 나가려다가 멈춰 섰다. 심장이 요동쳐서 분을 풀고 싶었지만 이 사람이 누군지도 궁금했다.

4

마트료나가 멈춰 서서 말했다.

"좋은 사람이었다면 저렇게 벌거벗진 않았겠지, 셔츠도 안 입었잖아. 좋은 일이었으면 저런 멋쟁이를 어디서 데려왔는지 당신이 말을 했을 거 아냐."

"그러니까 지금 말하잖아. 오는데 예배당 옆에 이 사람이 벗은 채로 앉아 있더라구, 완전 얼어붙어서. 여름도 아닌데 알

몸이라니. 하나님이 날 이 사람한테 보내셨으니 망정이지, 안 그럼 죽었을 거야. 그러니 어쩌겠어? 살다 보면 별의별 일이 다 있잖아! 얼른 옷 입혀서 데려왔지. 당신은 진정 좀 해. 죄야, 마트료나. 우리도 죽는다고."

마트료나는 욕을 퍼붓고 싶었지만 나그네를 바라보고는 입을 다물었다. 나그네는 긴 의자 한쪽에 앉은 채 줄곧 꼼짝도 하지 않았다. 두 손은 무릎 위에 올려놓고, 고개는 푹 숙이고, 눈은 뜨지 않고 계속 찌푸리는 게 마치 무언가가 그를 짓누르는 듯했다. 마트료나는 입을 다물었다. 그러자 세묜이 말했다.

"마트료나, 당신 안엔 하나님이 안 계셔?!"

이 말을 들은 마트료나는 다시 나그네를 쳐다봤고, 순간 마음이 풀어졌다. 밖으로 나가려던 그녀는 페치카가 있는 모퉁이로 가서 저녁을 차렸다. 식탁에 잔을 놓고, 크바스*를 따르고, 마지막 남은 빵조각을 꺼내 놨다. 칼과 숟가락도 놓았다.

"좀 먹든가." 그녀가 말했다.

세묜이 나그네를 끌어당기며 말했다.

"이리 와, 젊은이."

세묜은 빵을 작게 잘라 나누었고, 두 사람은 식사를 하기 시작했다. 마트료나는 식탁 귀퉁이에 앉아 손으로 턱을 괴고

---

* 호밀을 발효해 만든 러시아의 전통 음료이자 주류.

나그네를 바라봤다.

마트료나는 나그네가 가여워졌고 이내 그가 좋아졌다. 그러자 갑자기 나그네의 기분이 나아져서 찌푸린 얼굴이 풀렸고 마트료나를 향해 눈을 들더니 미소 지었다.

식사가 끝나자 아내가 상을 치우고 나그네에게 묻기 시작했다.

"넌 어디 사람이야?"

"여기 사람 아니에요."

"그럼 어쩌다 길바닥에 있게 된 거야?"

"말할 수 없어요."

"누가 너한테 강도짓을 한 거야?"

"하나님이 벌주신 거예요."

"그래서 알몸으로 누워 있었어?"

"알몸으로 누워서 얼어붙고 있었어요. 세몬이 나를 보고 가엾게 여겨서 자기 외투를 벗어 입혀 주고 여기로 오자고 했어요. 여기 오니까 당신이 내게 먹을 것과 마실 것을 주고 가엾게 여겼어요. 주께서 당신들을 구원하시길!"*

마트료나는 일어나서 아까 기워 놓은 세몬의 낡은 셔츠를 창가에서 가져다가 나그네에게 건넸다. 바지도 찾아서 주었다.

"자, 받아. 보아하니 셔츠도 없네. 이거 입고, 페치카 옆에

---

* 고마움을 나타낼 때 쓰던 옛 표현이다. 러시아어의 "고맙다(Спасибо 스빠씨바)"는 말은 "구원하소서, 하나님(Спаси, Бог. 스빠씨, 보흐.)"라는 표현에서 유래됐다.

눕든 위로 올라가서 자든 해."

나그네는 외투를 벗고 셔츠와 바지를 입은 후 페치카 옆에 누웠다. 마트료나는 불을 끄고 외투를 집어 들고는 남편 곁으로 갔다.

그녀는 외투 자락을 덮고 누웠지만 잠은 오지 않고 나그네에 대한 생각을 떨칠 수 없었다.

그가 마지막 남은 빵을 먹어 버려서 내일 먹을 빵이 없다고 생각하자, 또 셔츠와 바지를 줘버린 걸 생각하자 슬퍼졌다. 하지만 그가 미소 지었던 걸 떠올리자 가슴이 기뻐 뛰었다.

마트료나는 오랫동안 잠들지 못했고 세묜도 잠들지 않은 모양인지, 자꾸만 외투를 자기 쪽으로 잡아당겼다.

"세묜!"

"어!"

"아까 그게 마지막 남은 빵이었어. 더 안 만들었거든. 내일은 어떡할지 모르겠네. 말라냐 아줌마한테 부탁할까 봐."

"걱정 마, 어떻게든 먹고살아."

아내는 잠시 말없이 누워 있었다.

"근데 사람은 좋아 보이는데, 왜 그런지 자기 얘기를 안 하네."

"못 하는 이유가 있겠지."

톨스토이 단편선

"숌!"*

"어!"

"우리는 주는데, 왜 우리한테는 아무도 안 줄까?"

세묜은 무슨 말을 해야 할지 몰랐다. 그래서 "그만 얘기해."
라고 하고는 돌아누워 잠들었다.

5

아침이 되어 세묜이 잠에서 깼다. 아이들은 자고 있고, 아
내는 빵을 구하러 이웃집에 갔다. 어제의 나그네만이 낡은 바
지와 셔츠 차림으로 의자에 앉아 위를 올려다보고 있었다. 얼
굴이 어제보다 밝았다.

세묜이 말했다.

"그래, 이 사람아. 배는 빵을 달라 하고, 알몸은 옷을 달라
하잖나. 먹고살아야지. 일은 할 줄 알아?"

"난 아무것도 할 줄 몰라요."

세묜이 놀라며 말했다.

"할 생각만 있으면 돼. 사람들은 뭐든 배워서 하니까."

"사람들이 일을 하니 나도 해야죠."

* 세묜의 약칭.

"근데 이름이 뭐야?"

"미하일이요."

"좋아, 미하일. 자기 얘기는 싫으면 안 해도 돼. 하지만 먹고 는 살아야지. 내가 시키는 일을 하면 먹여 줄게."

"주께서 당신을 구원하시길. 배울게요, 뭘 하면 될지 알려 주세요."

세묜은 실을 꺼내 손가락에 걸치고는 꼬아서 제화용 실을 만들기 시작했다.

"까다로운 일은 아냐, 봐……."

미하일은 세묜이 하는 걸 보고 이내 자기 손가락에 실을 걸치더니 똑같이 따라하며 실을 꼬아 냈다.

세묜은 실에 송진 바르는 법을 알려 줬다. 미하일은 이것도 곧장 이해했다. 주인은 또 뻣뻣한 털을 섞어 넣어 꼬는 법과 신발 꿰매는 법을 알려 줬고, 미하일은 이것 역시 바로 이해 했다.

세묜이 어떤 일을 가르쳐 주든 그는 곧장 터득했고 사흘째 부터는 마치 평생 신발을 만들어 온 것처럼 일할 수 있게 됐 다. 허리 한번 펼 새 없이 일하고, 조금만 먹었으며, 일이 없을 땐 조용히 위만 올려다봤다. 밖에도 안 나가고, 쓸데없는 말 도 안 하고, 농담도 없고, 웃지도 않았다.

딱 한 번, 첫날 저녁에 마트료나가 그에게 저녁을 차려 줄 때 미소 지었을 뿐이었다.

6

하루하루, 한 주 한 주가 지나 1년이 되었다. 미하일은 여전히 세묜의 집에서 일을 하며 지냈다. 그러자 세묜네 일꾼에 대한 칭찬이 퍼졌는데 세묜네 일꾼 미하일처럼 신발을 깔끔하고 튼튼하게 만드는 사람은 없다는 것이었다. 인근 지역에서도 세묜에게 신발을 맞추러 왔고, 세묜은 수입이 늘기 시작했다.

어느 겨울날 세묜과 미하일이 일하고 있는데 세 필의 말이 끄는 썰매가 방울 소리를 내며 통나무집 쪽으로 다가왔다. 창밖을 보니 썰매가 그의 집 맞은편에 멈춰 섰고 하인이 마부석에서 뛰어내려 문을 열었다. 썰매에서 슈바를 입은 귀족이 내리더니 세묜의 집으로 다가와 현관 계단에 들어섰다. 마트료나가 뛰쳐나가 문을 활짝 열어젖혔다. 귀족이 몸을 숙여집 안으로 들어와 허리를 펴자 머리가 거의 천장에 닿을 정도이고 방 한구석을 다 차지했다.

세묜은 일어나 인사를 하고는 귀족을 보며 놀라움을 금치 못했다. 이런 사람은 난생 처음 보았다. 세묜 본인도 홀쭉하고, 미하일도 야위었고, 마트료나는 아예 마른 나뭇가지 같은데 이 사람은 마치 딴 세상에서 온 듯했다. 통통하고 붉은 얼굴에, 목은 황소 같고, 몸 전체가 무쇠로 주조된 것 같았다.

귀족이 숨을 후우 내쉬더니 슈바를 벗고 의자에 앉으며 말했다.

"누가 여기 주인인가?"

세묜이 나서며 말했다.

"접니다, 나리."

귀족이 하인을 향해 소리쳤다.

"어이, 페지카, 물건 이리 가져와."

하인이 달려가 꾸러미를 가져왔다. 귀족이 꾸러미를 받아 상 위에 놓았다.

"풀어 봐." 그가 지시하자 하인이 꾸러미를 펼쳤다.

귀족이 부츠 만들 가죽을 손가락으로 가리키며 세묜에게 말했다.

"잘 들어, 구두장이. 이 물건 보이지?"

"보입니다, 나리."

"이게 어떤 물건인지 알기나 해?"

세묜이 물건을 만져 보고는 말했다.

"좋은 가죽이네요."

"당연히 좋은 거지! 자네 같은 바보는 이런 물건을 보지도 못했어. 독일제인데 20루블 주고 샀지."

세묜은 겁을 집어먹고 말했다.

"이런 걸 저희가 어디서 보겠습니까."

"그러니까 말일세. 이 물건으로 내 발에 맞는 부츠를 만들 수 있겠나?"

"할 수 있습니다, 나리."

그러자 귀족이 소리쳤다.

"말로는 할 수 있지. 잘 알아 둬. 자네가 누구 신발을 만드는지, 이게 어떤 가죽인지. 1년을 신어도 뒤틀리지 않고 터지지 않는 그런 부츠를 만들어야 돼. 할 수 있겠으면 받아서 가죽을 자르고, 못 하겠으면 받지도 말고 자르지도 마. 미리 말해 두는데, 만약 1년이 안 돼서 터지거나 뒤틀리면 내 자네를 감옥에 넣을 거야. 하지만 1년이 되도록 뒤틀리지도 않고 터지지도 않으면 수고비로 10루블을 주겠네."

세묜은 겁이 나서 뭐라고 해야 할지 몰랐다. 미하일을 돌아보고는 팔꿈치로 그를 치며 속삭였다.

"맡을까, 어쩔까?"

미하일이 일을 맡으라며 고개를 끄덕였다.

세묜은 미하일의 말을 듣고 1년을 신어도 뒤틀리지 않고 터지지 않는 부츠를 만들기로 했다.

귀족이 하인에게 왼쪽 발에서 부츠를 벗기라고 소리치고는 발을 내밀었다.

"치수를 재게!"

세묜은 종이가 10베르쇼크*가 되도록 이어 붙여서 반반하게 펴고, 무릎을 꿇고, 귀족의 양말을 더럽히지 않도록 앞치

---

* 옛 길이 단위로 1베르쇼크는 약 4.4cm.

마에 손을 잘 닦은 다음 치수를 재기 시작했다. 발바닥을 재고, 발등을 재고, 장딴지를 재려 하자 종이가 맞닿지 않았다. 장딴지가 통나무처럼 두꺼웠다.

"종아리가 조이지 않도록 해."

세몬은 종이를 좀더 이어 붙이기 시작했다. 귀족은 양말 속 발가락을 꼼지락거리며 앉아서 집 안에 있는 사람들을 둘러봤다. 그가 미하일을 봤다.

"이 사람은 누군가?"

"바로 그 직공이지요, 이 사람이 부츠를 만들 겁니다."

"이봐." 귀족이 미하일을 향해 말했다. "기억하라구, 1년은 신게끔 만들어야 돼."

세몬은 미하일을 돌아봤다. 그런데 미하일은 귀족은 쳐다보지도 않고 귀족 너머 방구석에 시선을 두고 있었는데 마치 누군가를 살펴보는 듯했다. 계속 보기만 하던 미하일이 갑자기 미소를 짓고 얼굴이 아주 환해졌다.

"자넨 왜 바보처럼 이빨을 보이나? 기한 내에 준비되도록 잘해야 될 거야."

그러자 미하일이 대답했다.

"필요한 때에 딱 맞출 수 있어요."

"그래야지."

귀족은 부츠를 신고 슈바로 몸을 감싸고는 문 쪽으로 갔다. 그런데 몸을 숙이는 걸 잊어버려서 상인방에 머리를 부딪치고 말았다.

귀족은 화를 내며 머리를 문질렀고, 이내 썰매를 타고 떠났다.

귀족이 떠나자 세몬이 말했다.

"어휴, 몸집이 아주! 저 사람은 아무리 때려도 안 죽을걸. 문기둥에 머리를 때려 박았는데 별로 아프지도 않은가 봐."

그러자 마트료나가 말했다.

"저렇게 사는데 어떻게 살이 안 쪄. 저런 무쇠 못은 저승사자도 못 데려가."

7

세몬이 미하일에게 말했다.

"일은 맡긴 맡았는데, 곤란하게 되면 안 돼. 가죽은 비싸고 귀족은 성격이 불같아서 실수하면 큰일 나. 자, 자네 눈이 더 정확하고 손재주도 나보다 좋아졌으니까 여기 치수 받아. 가죽을 재단해. 난 앞부리를 마저 꿰맬게."

미하일은 거역하지 않고 귀족의 가죽을 가져다가 상 위에 펼쳐서 두 겹으로 접은 다음, 칼을 들어 자르기 시작했다.

마트료나가 다가와 미하일이 재단하는 걸 보고는 그가 대체 뭘 하는 건지 의아해했다. 마트료나도 신발 만드는 일에 익숙하던 터라 미하일이 가죽을 부츠용으로 재단하지 않고 둥그렇게 잘라내고 있다는 걸 알 수 있었다.

마트료나는 뭐라 말하려다 말고 속으로 생각했다. '귀족의 부츠를 어떻게 만들어야 되는지 내가 못 알아들었나 봐. 아무렴, 미하일이 나보다 더 잘 알지. 간섭하지 말자.'

미하일은 한 쌍을 다 재단하고 실을 집어서 꿰매기 시작했다. 그런데 부츠는 실 두 가닥으로 꿰매야 하는데, 그는 실내화를 만들듯 한 가닥으로 꿰맸다.

마트료나는 이번에도 이상했지만 역시 간섭하지 않기로 했다. 미하일은 계속 신발을 만들었다. 새참 먹을 때가 되어 세묜이 일어나서 보니 미하일이 귀족의 가죽으로 실내화를 만들어 놓았다.

세묜은 탄식했다. '아니, 미하일이 1년을 지내면서 실수 한 번 안 했는데, 이제 와서 이런 재앙을 저질러? 귀족이 대다리*에 통가죽을 올린 부츠를 주문했는데 밑창도 없는 실내화를 만들다니, 가죽을 망쳐 버렸잖아. 귀족에게 대체 뭐라고 변명한담? 이런 가죽은 다신 못 구하는데.'

세묜이 미하일에게 말했다.

"이 사람아, 대체 무슨 일을 저지른 거야? 날 죽일 셈이야! 귀족이 부츠를 주문했잖아. 근데 자넨 뭘 만든 거야?"

---

* 구두창에 갑피를 대고 마주 꿰매는 가죽 테.

그가 미하일을 막 야단치기 시작하자 쿵 하고 문고리를 치는 소리가 나더니 누군가 문을 두드렸다. 창밖을 보니 누군가 말을 타고 와서 말을 매고 있었다. 문을 열자 아까 그 귀족의 하인이 들어왔다.

"안녕하시오!"

"안녕하시오! 무슨 일인가?"

"안주인이 부츠 일로 보냈어."

"부츠가 왜?"

"부츠가 왜긴! 주인한테 부츠가 필요 없게 됐어. 저세상으로 돌아가셨거든."

"뭐?"

"여기서 집에까지 가지도 못하고 도중에 썰매에서 돌아가셨어. 집에 도착해서 하인들이 내려드리려고 나왔는데 포대자루처럼 쓰러지잖아. 죽어서 벌써 몸이 굳기 시작해서 가까스로 썰매에서 끌어냈지. 안주인이 보내면서 말했어. '제화공한테 전해. 주인이 거기서 부츠를 주문하고 가죽을 맡겼는데 부츠는 필요 없으니까 그 가죽으로 고인에게 신길 실내화를 얼른 만들어 달라고. 다 만들 때까지 기다렸다가 실내화를 받아 와.' 내 그래서 다시 왔네."

미하일은 자르고 남은 가죽을 상에서 가져와 둘둘 말고, 준비된 실내화 두 짝을 툭툭 쳐서 털고 앞치마로 닦은 다음 하인에게 건넸다. 하인이 실내화를 받아들었다.

"안녕히들 계시오! 잘 지내요!"

8

또 한 해가 가고, 두 해가 가고, 미하일은 벌써 6년째 세묜의 집에서 살았다. 예전과 똑같이 지냈다. 어딜 가지도 않고, 쓸데없는 말을 하지도 않고, 여태껏 단 두 번 미소 지었을 뿐이었다. 한 번은 마트료나가 그에게 저녁을 차려 줬을 때, 또 한 번은 귀족을 향해서. 세묜은 일꾼 때문에 더없이 기뻤다. 그가 어디서 왔는지 더 이상 묻지 않았고, 다만 미하일이 자신을 떠나지 않을까 걱정될 뿐이었다.

한번은 모두 집에 있을 때였다. 여주인은 페치카에 솥을 올리고 있었고, 아이들은 긴 의자 위를 뛰어다니며 창밖을 내다봤다. 세묜은 창가에 앉아 신발을 깁고 있었고, 미하일은 다른 창가에서 굽을 박고 있었다.

사내아이가 미하일을 향해 의자 위로 달려와서 그의 어깨에 기댄 채 창밖을 봤다.

"미하일 아저씨, 봐봐, 상인의 아내가 여자애들이랑 우리 집으로 오는 것 같아. 근데 한 애는 다리를 절어."

사내아이가 말을 마치기가 무섭게 미하일은 하던 일을 팽개치고 창을 향해 돌아서 바깥을 내다봤다.

세몬은 깜짝 놀랐다. 미하일이 밖을 내다본 적은 한 번도 없었는데 지금은 창문에 딱 붙어서 무언가를 보고 있었기 때문이다. 세몬도 창밖을 보았다. 보니 정말로 단정한 옷을 입은 여자가 자기 집 마당 쪽으로 오고 있었다. 여자의 양손에는 슈바를 입고 머리에 카펫 문양의 숄을 두른 여자애 둘이 붙들려 있었다. 아이들은 서로 똑 닮아서 구별할 수가 없었다. 다만 한 아이는 왼쪽 다리가 성하지 않아서 걸을 때 조금 절뚝거렸다.

여자가 현관 계단으로 올라와 문에 손을 짚고 손잡이를 잡아당겨 문을 열었다. 두 아이를 먼저 들여보내고 자신도 통나무집으로 들어왔다.

"안녕하세요!"

"어서 오시오. 뭐가 필요해요?"

여자가 상 옆에 앉았다. 아이들은 낯설어서 그녀의 무릎에 달라붙었다.

"봄에 신길 애들 가죽 구두가 필요해서요."

"그럼요, 가능하지요. 이렇게 작은 애들 신발은 아직 안 만들어 봤지만, 다 할 수 있다오. 대다리가 있는 것도 되고, 아마포를 붙여서 뒤집는 방식도 되고. 여기 이 미하일이 우리 직공이라오."

세몬이 미하일을 쳐다보니 미하일은 일감도 던져둔 채 두 아이에게서 눈을 떼지 못하고 있었다.

세묜은 미하일이 놀라웠다. 사실, 그도 아이들이 예쁘다고 생각은 했다. 까만 눈동자에 빨갛고 통통한 볼, 걸치고 있는 슈바와 숄도 좋은 것이었다. 하지만 미하일이 왜 그리 아이들을, 마치 아는 애들인 것처럼 뚫어져라 보고 있는지 이해가 안 됐다.

의아해하던 세묜은 주문과 관련된 내용을 여자와 얘기하기 시작했다. 모든 게 정해지자 치수를 쟀다. 여자가 자신의 무릎에 절름발이 아이를 앉히며 말했다.

"이 아이한테서 치수 두 개를 재세요. 뒤틀린 발에 맞게 한 짝을 만들고, 성한 발에 맞는 걸로 세 짝을 하면 돼요. 애들이 발도 똑같거든요. 쌍둥이예요."

치수를 잰 세묜이 절름발이 아이를 보며 말했다.

"이 애는 어쩌다 이리 됐소? 아주 예쁜 아이인데. 날 때부터 이런 거야?"

"아뇨, 애어머니가 깔아뭉갰어요."

그러자 마트료나가 끼어들었다. 이 여자가 누구인지, 애들은 누구 애들인지 궁금해진 그녀가 물었다.

"그럼 당신은 애들 엄마가 아니에요?"

"엄마도 아니고 친척도 아니에요, 아줌마. 아예 남의 애들인데 양녀로 삼았어요."

"친자식도 아닌데 이렇게나 아끼다니!"

"어떻게 아끼지 않겠어요. 둘 다 제가 젖 먹여 키운 걸요.

제 아이도 있었지만 하나님이 데려가셨어요. 그 애도 이 애들만큼은 아끼지 않았지요."

"그럼 얘들은 누구 애들이야?"

9

여자가 운을 떼고 이야기를 시작했다.

"6년 전쯤엔가 그 일이 있었는데, 일주일 새에 이 애들이 고아가 돼 버렸어요. 화요일에 아버지를 장례 치렀는데 어머니는 금요일에 죽었거든요. 애들이 태어나기 3일 전에 아버지가 떠나고, 어머니는 하루도 못 산 거지요. 그 당시 저는 남편이랑 농사를 짓고 살았어요. 이웃이었는데 마당을 사이에 두고 가까이 살았지요. 애네 아버지는 친척도 없는 사람이었고, 나무숲에서 일했어요. 근데 어쩌다 나무가 그 사람 쪽으로 쓰러져서 덮치는 바람에 내장이 다 터졌어요. 집으로 데려오자마자 하나님께로 영혼이 떠났고, 아내는 바로 그 주간에 쌍둥이인 이 여자애들을 낳았어요. 가난한 데다 외로웠을 거예요. 그 여자는 어머니도 자매들도 없이 혼자였거든요. 혼자 있다 애들을 낳고 혼자 있다 죽은 거예요.

아침에 제가 이웃집 여자를 보러 갔는데 집에 들어가 보니 가엾게도 벌써 몸이 식어 있었어요. 근데 죽으면서 애를 덮친 거예요. 이 아이를 깔아뭉개서 발이 틀어졌어요. 사람들이 모여서 시신을 닦고, 입히고, 관을 만들어 장례를 치렀지요. 다들 좋은 사람들이에요. 애들만 남게 됐는데, 애들을 어떡해야 하나? 근데 여자들 중에 저만 아이가 있었어요. 첫째인 사내아이가 8주가 됐었지요. 그래서 제가 잠시 아이들을 맡았어요. 남자들이 모여서 아이들을 어떻게 할지 고민에 고민을 거듭하다 제게 말하더군요. '마리아, 당분간만 애들을 데리고 있어. 시간을 좀 주면 이 애들을 어찌할지 궁리해 볼게.' 근데 저는 성한 애한테는 젖을 물리고, 발이 비틀린 이 아이에겐 젖을 주지 않았어요. 살 수 없을 것 같았거든요. 근데 생각해 보니 천사 같은 아이가 왜 죽어가야 하는지. 이 아이도 불쌍해졌어요. 그래서 젖을 먹이기 시작했지요. 제 아이랑 이 쌍둥이 둘, 그렇게 셋을 젖 먹였어요! 저는 젊고 기운도 넘치고 먹는 음식도 좋았어요. 하나님이 제게 젖을 많이 주셔서 흘러넘칠 때도 있었죠. 어떨 땐 한 번에 아이 둘을 먹이면서 하나는 기다리게 했다가, 하나가 다 먹고 떨어지면 세 번째 아이를 물리기도 하고. 근데 어쩐지 하나님이 이 애들은 젖 먹여 살리게 하셨는데, 정작 제 아이는 두 살이 안 되어 떠나보냈어요. 그리고 더는 하나님이 제게 아이를 안 주셨지요. 저희는 형편이 차차 좋아졌어요. 지금은 이렇게 상인의 방앗간에서 살아요. 봉급도 많고 생활도 풍족해요. 근데 저는 아이가 없잖아요. 그러니 이 애들마저 없었다면 저 혼자 어떻게 살겠어요! 어떻게 사랑하지 않겠어요! 저한텐 이 애들이 밀초의 밀랍만큼 귀해요!"

여자는 한 손으로 절름발이 소녀를 꼭 끌어안고 다른 한 손으로는 뺨에서 눈물을 훔쳤다.

그러자 마트료나가 한숨을 내쉬며 말했다.

"괜히 그런 속담이 있는 게 아니야. 아버지 어머니 없이는 살아도, 하나님 없이는 못 산다는."

이렇게 그들은 서로 이야기를 나누었고, 여자가 그만 가보려고 일어났다. 주인 내외는 그녀를 배웅하고 미하일을 돌아봤다. 미하일은 두 손을 무릎 위에 올리고 앉아서 위를 올려다보며 미소 짓고 있었다.

10

세묜이 그에게 다가와 말했다. "자네 왜 그래, 미하일!"

미하일이 의자에서 일어나더니 일감을 내려놓고, 앞치마를 벗고, 주인 내외에게 허리 숙여 인사하며 말했다.

"주인님들, 용서하세요. 하나님이 날 용서하셨어요. 그러니 당신들도 용서해 주세요."

부부가 보니 미하일에게서 빛이 났다. 그러자 세묜도 일어나 미하일에게 허리 숙여 인사하고는 말했다.

"내가 보니 미하일 자네는 평범한 사람이 아니야. 그러니 자넬 붙잡아 둘 순 없지, 물어볼 수도 없고. 한 가지만 말해 줘. 내가 자넬 발견해서 집에 데려왔을 땐 자네 얼굴이 아주 어두웠어. 근데 아내가 저녁을 주니까 아내를 보고 미소 짓더니만 그때부터 좀 밝아졌지. 왜 그랬던 건가? 그리고 귀족이 부츠를 주문했을 때 또 한 번 미소를 짓고 그 후론 더 밝아졌어. 그리고 오늘 여자가 애들을 데리고 오니까 세 번째로 미소를 짓고는 몸에서는 빛이 나네. 말해 봐, 미하일. 자네에게서 왜 이런 빛이 나는지, 왜 세 번 웃은 건지."

그러자 미하일이 말했다.

"내게서 빛이 나는 건, 내가 벌을 받았었는데 이젠 하나님이 날 용서하셔서 그런 겁니다. 그리고 세 번 미소를 지은 건, 내가 하나님의 말씀 세 가지를 알아내야만 했는데 그 하나님의 말씀을 알아냈기 때문이지요. 한 가지는 당신의 아내가 나를 가엾게 여겼을 때 알게 됐어요. 그래서 처음으로 웃었어요. 그다음 한 가지는 부자가 부츠를 주문했을 때 알아냈지요. 그래서 두 번째로 웃었고요. 그리고 오늘, 아이들을 보게 됐을 때 마지막 세 번째 말씀을 알아내서 세 번째로 웃은 겁니다."

그러자 세묜이 말했다.

"또 말해 보게나, 미하일. 하나님이 뭐 때문에 자네를 벌주셨고, 그 하나님의 말씀이 뭔지도 알고 싶어."

그러자 미하일이 말했다.

"하나님이 나를 벌하신 건 내가 그분 말씀을 거역했기 때문이에요. 나는 하늘의 천사였는데 하나님을 거역했어요.

하나님이 여자의 영혼을 취하라고 나를 보내셨어요. 땅에 내려와서 보니, 한 여자가 혼자 누워서 아파하는데 쌍둥이 여자애 둘을 낳았더라구요. 아이들이 어머니 옆에서 꿈틀대는데 어머니는 애들을 가슴에 품지 못했어요. 여자가 나를 보더니 하나님이 자신의 영혼을 데려오도록 하신 걸 깨닫고는 울음을 터뜨리며 말했어요. '하나님의 천사여! 저는 남편을 방금 막 장사 지냈답니다. 숲에서 나무에 깔려 죽었지요. 저는 자매도, 친척 아줌마도, 어머니도 없어서 이 고아들을 키워 줄 사람이 아무도 없어요. 제 영혼을 데려가지 마세요. 애들이 제 발로 설 때까지 제가 젖 먹여 키울 수 있도록 해주세요! 애들이 아버지도 없고 어머니도 없이 살 수는 없잖아요!' 나는 어머니의 말을 들어줬어요. 한 애는 가슴에 품어 주고, 또 한 애는 팔에 안겨 주고는 하늘에 계신 주께 올라왔지요. 주께 돌아가서 말했어요. '산모의 영혼을 취하지 않았습니다. 아버지는 나무에 깔려 죽고, 어머니는 쌍둥이를 낳았는데 자기 영혼을 데려가지 말라고 애원했습니다. 애들을 젖 먹여 키워서 제 발로 서게끔 해달라고, 아버지도 어머니도 없으면 애들이 살 수 없다고 했습니다. 그래서 산모에게서 영혼을 취하지 않았습니다.' 그러자 주께서 '어서 가서 산모의 영혼을 취하고 세 가지를 알아내거라. 사람들 속에 무엇이 있는지, 사람들에게 무엇이 주어지지 않았는지, 사람들이 무엇으로 살아 있는지. 알아내거든 하늘로 돌아오거라.' 나는 다시 땅으로 날아와 산모에게서 영혼을 취했어요.

갓난아이들이 품에서 떨어졌지요. 죽은 몸이 침대 위에 널브러졌고 한 아이를 덮쳐서 발이 비틀어졌어요. 나는 하나님께 영혼을 가져가려고 마을 위로 날아올랐어요. 그런데 바람이 붙잡아서 날개가 꺾이고 떨어져 나갔어요. 영혼은 저 혼자 하나님께 올라가고 나는 길가에 떨어졌지요."

11

세묜과 마트료나는 그들이 누구를 입히고 먹였는지, 그들과 함께 지낸 이가 누군지 깨닫고는 두려움과 기쁨에 눈물을 쏟기 시작했다.

그러자 천사가 말했다.

"혼자 들판에 남겨졌어요, 알몸으로요. 예전엔 인간적인 필요를 알지 못했고 추위도 배고픔도 몰랐지만 이젠 사람이 된 거예요. 배가 고프고 추위에 얼어서 어떻게 해야 할지 몰랐어요. 눈을 들어 보니 들판에 하나님을 위한 예배당이 있어서 그 하나님의 예배당으로 갔어요, 그곳에 몸을 숨기려고요. 그런데 예배당은 자물쇠로 잠겨서 들어갈 수 없었어요. 그래서 바람을 피하려고 예배당 옆에 앉았어요. 저녁이 됐는데 배는 고프고 온몸은 꽁꽁 얼고 아팠지요. 갑자기 소리가 났어요. 어떤 사람이 걸어오는데 부츠를 손에 들고는 혼잣말을 했어요. 나는 사람이 되고 나서 처음으로 죽음이 어린 인간의 얼굴을 봤어요. 그 얼굴이 무서워서 몸을 돌렸지요. 그리고 소리가 들리는데, 그 사람이 겨우내 추위에 무엇으로 몸을 감쌀지, 아내와 아이들을 어떻게 먹여 살릴지 혼잣말을 하더군요. 그 말을 듣고 생각했어요. '나는 추위와 굶주림에 죽어가는데 저기 저 사람은 어떻게 하면 자신과 아내가 슈바로 몸을 감싸고 빵을 먹을 수 있을지에 대해서만 생각하는구나. 저 사람은 날 도와줄 수 없어.' 그 사람이 나를 보더니 얼굴을 찡그렸고, 더 무섭게 돼서는 곁을 지나갔어요. 그래서 난 실망했어요. 근데 갑자기 그 사람이 되돌아오는 소리가 들렸어요. 그를 쳐다보니까 좀 전의 그 사람이 아니었어요. 아까는 얼굴에 죽음이 비쳤는데 지금은 갑자기 생기가 돌고 그 얼굴에서 하나님이 보였어요. 그 사람이 다가와서 내게 옷을 입히고 자기 집으로 데려왔어요. 그의 집에 왔는데 여자가 우리를 맞으러 나와서는 말을 하기 시작했어요. 여자는 이 사람보다 더 무서웠어요. 죽음의 기운이 그녀의 입에서 흘렀고, 나는 죽음의 악취에 숨을 쉴 수 없었어요. 그녀가 나를 추운 바깥으로 내쫓으려 했는데, 만일 나를 내쫓는다면 그녀가 죽게 되리란 걸 난 알았지요. 근데 갑자기 남편이 그녀에게 하나님을 상기시키자 여자가 곧장 달라졌어요. 그리고 저녁을 주면서 나를 쳐다봤어요. 나도 그녀를 쳐다봤는데 죽음은 이미 그녀 속에 없었고 생기가 돌았지요. 그녀에게서도 하나님이 보였어요.

그러자 '사람들 속에 무엇이 있는지 알아내어라' 하신 하나님의 첫 번째 말씀이 생각났어요. 난 사람들 속에 사랑이 있다는 걸 깨달았어요. 그리고 하나님께서 내게 약속하신 것을 벌써 계시하기 시작하셨다는 사실에 너무 기뻐서 처음으로 미소를 지었어요. 하지만 여전히 알 수 없었어요. 사람들에게 무엇이 주어지지 않았는지, 사람들이 무엇으로 살아 있는지는 깨달을 수 없었어요.

나는 당신들 집에서 살기 시작했고 1년이 지났지요. 그러다가 한 사람이 부츠를 주문하러 왔는데 1년을 신어도 터지지 않고 뒤틀리지 않는 부츠를 원했어요. 그 사람을 봤는데 순간 죽음의 사자인 내 동료가 그 사람 등 뒤에 있는 게 보였어요. 나 말고는 아무도 그 천사를 못 봤는데, 어쨌든 난 그 천사를 알아봤고 또 해가 지기 전에 부자의 영혼이 떠나리란 걸 알았어요. 그래서 생각했지요. '사람이 자신을 위해 1년 치를 준비하지만 저녁까지 살아 있지 못하리란 건 모르는구나.' 그리고 '사람들에게 무엇이 주어지지 않았는지 알아내어라' 하신 하나님의 또 다른 말씀이 떠올랐어요.

사람들 속에 무엇이 있는지는 이미 알았고, 이젠 사람들에게 무엇이 주어지지 않았는지 알게 됐어요. 사람들에게 주어지지 않은 것은 자신의 몸을 위해 무엇이 필요한지 아는 것이에요. 그래서 또 한번 웃었지요. 동료를 보게 돼서 기뻤고, 하나님께서 내게 또 다른 말씀을 계시하셔서 기뻤어요.

하지만 여전히 깨닫지 못했어요. 사람들이 무엇으로 살아 있는지는 깨닫지 못했지요. 그렇게 계속 지내면서 하나님께서 언제 내게 마지막 말씀을 계시하실지 기다렸어요. 그리고 6년째가 됐을 때 쌍둥이 소녀들이 한 여자랑 같이 왔는데 그 애들을 내가 알아본 거예요. 또 그 소녀들이 어떻게 살아남게 됐는지도 알게 됐지요. 알고 나서 생각했어요. '어머니가 아이들을 위해 애원해서 난 어머니를 믿었었지. 아이들이 아버지 어머니 없이는 살 수 없을 거라고 생각했는데, 아무 관계도 없는 여자가 아이들을 먹이고 키웠구나.' 그리고 그 여자가 남의 아이들에게 마음이 녹아 우는 걸 보고는 그녀에게서 살아 계신 하나님을 봤고, 사람들이 무엇으로 살아 있는지 깨달았지요. 나는 하나님께서 내게 마지막 말씀을 계시하셨고 날 용서하셨다는 걸 깨달았어요. 그래서 세 번째로 미소를 지었어요."

12

그러자 천사의 몸에서 옷이 벗겨지고 바라볼 수 없을 만큼 환한 빛으로 온통 둘러싸였다. 그가 더욱 크게 말하기 시작했는데 목소리가 마치 하늘에서 나는 것 같았다. 천사가 말했다.

"내가 깨달은 것은 각 사람은 자신을 위한 돌봄이 아니라 사랑으로 인해 살아 있다는 것이다.

어머니에겐 아이들의 삶을 위해 무엇이 필요한지 아는 게 허락되지 않았다. 부자에겐 자신에게 무엇이 필요한지 아는 게 허락되지 않았다. 또 어느 누구에게도 부자에게 필요한 것이 산 자를 위한 부츠인지 저녁 무렵 죽은 자를 위한 실내화인지 아는 게 허락되지 않았다.

내가 사람이었을 때 살아남을 수 있었던 것은 내 자신을 위해 스스로 궁리해서가 아니라 지나가던 사람과 그의 아내에게 사랑이 있었고, 그들이 나를 가엾게 여기고 사랑했기 때문이다. 고아들이 살아남을 수 있었던 것은 그들을 어찌할까 여러모로 궁리해서가 아니라 아무 관계없는 여자의 가슴속에 사랑이 있었고, 그녀가 그들을 가엾게 여기고 사랑했기 때문이다. 또한 모든 사람들이 살아 있는 것은 자신을 위해 궁리해서가 아니라 사람들에게 사랑이 있기 때문이다.

내가 전에도 알았던 것은 하나님께서 사람들에게 생명을

주시고 그들이 살기를 원하신다는 것이다. 이제 또 다른 것을 깨달았다.

내가 깨달은 것은 하나님은 사람들이 분리되어 사는 걸 바라지 않으시기에 개개인에게 무엇이 필요한지는 숨기시고, 다 함께 살길 바라시기에 모두에게, 모두를 위해 무엇이 필요한지는 드러내셨다는 것이다.

또 이제 깨달은 것은 사람들이 스스로를 돌봄으로써 살아 있다고 생각하는 것뿐이지, 실은 오직 사랑으로 인해 살아 있다는 것이다. 사랑 안에 있는 자는 하나님 안에 있고 하나님도 그 사람 안에 계신다. 하나님은 사랑이시기 때문이다."

천사가 하나님을 찬양하기 시작했고 그의 목소리에 통나무집이 흔들렸다. 천장이 열리고 땅에서 하늘까지 불기둥이 솟아올랐다. 세묜과 아내와 아이들은 바닥에 엎드렸다. 그리고 천사의 어깨에서 날개가 펼쳐지더니 하늘로 올라갔다.

세묜이 정신을 차렸을 때는 통나무집이 이전처럼 멀쩡했고, 집 안엔 식구들 외에 아무도 없었다.

(1881년)

두 형제와 황금

ДВА БРАТА И ЗОЛОТО

아주 먼 옛날 예루살렘에서 멀지 않은 곳에 두 형제가 살았는데 첫째의 이름은 아파나시, 둘째의 이름은 요한이었다. 그들은 도시에서 멀지 않은 산속에서 살면서 사람들이 주는 것으로 먹고살았다. 형제는 매일매일 일터에서 지냈다. 자신의 일을 한 것이 아니라 가난한 자들의 일이었다. 일하기 어렵게 된 자, 병자, 고아와 과부가 있는 곳에 찾아가 거기서 일을 해주고 떠났으며 돈은 받지 않았다. 이렇게 일주일을 각자 떨어져 지내다가 토요일 저녁에야 자신들의 집으로 돌아와 만났다. 그들은 일요일에만 집에 머무르며 기도하고 이야기를 나눴다. 그리고 주의 천사가 내려와 그들을 축복해 주곤 했다. 월요일에는 각자 흩어져 자신의 길로 갔다. 형제는 여러 해를 이런 식으로 살았으며 매주 주의 천사가 내려와 그들을 축복했다.

어느 월요일, 형제가 일하러 가기 위해 집을 나와 이미 다른 방향으로 갈라졌을 때 형인 아파나시가 사랑하는 동생과 헤어지는 게 아쉬워서 잠시 멈추어 뒤를 돌아봤다. 요한은 고개를 숙이고 자신의 방향대로 가고 있었고 뒤를 돌아보지는 않았다. 그런데 갑자기 요한이 멈춰 서더니 뭔가를 본 것처럼 한쪽을 유심히, 빤히 쳐다보기 시작했다. 그리고 그 쳐다보던 것에 가까이 다가가자 갑자기 옆으로 펄쩍 뛰고는 사나운 짐승이 쫓아오기라도 하는 듯 뒤도 안 돌아보고 산 아래로, 또 산 위로 달음질쳐서 그곳으로부터 멀리 벗어났다. 아파나시는 깜짝 놀라서 동생이 무엇 때문에 그리 겁을 낸 건지 알아보려고 그곳으로 갔다. 그곳에 가까워지자 무언가 햇빛에 반짝이는 게 보였다. 더 가까이 가자 마치 항아리에서 쏟아부은 것처럼 풀밭에 금화 더미가 쌓여 있는데 두 아름 정도나 되었다. 아파나시는 금화 더미에 놀라고, 동생이 펄쩍 뛴 것에 더욱 놀랐다.

'왜 그리 겁을 먹고 달아난 거지?' 아파나시는 생각했다. '황금은 죄가 없어, 사람한테 죄가 있지. 황금은 악을 행할 수도 있고 선을 행할 수도 있어. 이 금으로 수많은 고아와 과부를 먹일 수 있고, 수많은 헐벗은 자들을 입힐 수 있고, 수많은 불구자와 병자를 치료할 수 있잖아! 우리가 사람들을 섬기고 있긴 하지만, 가진 힘이 적으니 섬김도 적어. 그런데 이 금이라면 사람들을 더 많이 섬길 수 있어.' 아파나시는 이렇게 생각했고 동생에게도 말해 주고 싶었다. 하지만 요한은 소리쳐도 들리지 않을 만큼 멀리 가버렸고 이미 다른 산에 올라서 딱정벌레만 하게 보였다.

아파나시는 옷을 벗어서 가져갈 수 있는 대로 금화를 긁어 담아 어깨에 떠메고 도시로 왔다. 그리고 여관에 와서 여관지기에게 맡겨 놓고 나머지 금화를 가지러 되돌아갔다. 그는 금화를 전부 가져온 후 상인들에게 가서 도시에 땅을 사고, 돌을 사고, 나무를 사고, 일꾼들을 고용해 집 세 채를 짓기 시작했다. 아파나시는 석 달을 도시에서 지내면서 집 세 채를 지었는데 한 채는 과부들과 고아들을 위한 안식처, 또 한 채는 병자와 불구자를 위한 병원, 나머지 한 채는 나그네들과 걸인들을 위한 거처로 삼았다. 그런데도 아파나시에겐 아직 금화 3천 냥이 남아 있었다. 그는 세 명의 나이 많은 수도자에게 금화 천 냥씩을 주며 가난한 자들에게 나눠 주도록 했다. 집 세 채가 전부 사람들로 넘쳤고, 그는 자신이 행한 일들로 칭찬을 받기 시작했다. 아파나시는 도시를 떠나고 싶지 않을 만큼 아주 기뻤다. 하지만 동생을 사랑했던 아파나시는 사람들과 작별 인사를 했고, 자신은 금화 한 냥도 갖지 않은 채 올 때 입었던 낡은 옷차림 그대로 집을 향해 떠났다.

자신이 살던 산에 다다른 아파나시는 생각했다. '동생이 금을 보고 펄쩍 뛰며 달아난 건 잘못 판단해서 그래. 내가 참 잘하지 않았어?'

아파나시가 이런 생각을 하자마자 갑자기 길 위에 천사가 나타났다. 자신들을 축복해 주던 그 천사는 아파나시를 엄하게 노려보았다. 아파나시가 얼어붙어서 입을 뗐다.

"왜 그러십니까, 주님?"

그러자 천사가 입을 열어 말했다.

"여기서 떠나거라. 너는 동생과 함께 살 자격이 없다. 네 동생이 한번 펄쩍 뛴 것이 네가 네 금으로 행한 모든 일들보다 더 귀하니라."

그러자 아파나시는 자신이 얼마나 많은 가난한 자들과 나 그네들을 먹였는지, 얼마나 많은 고아들을 보살폈는지 말하기 시작했다. 천사가 그에게 말했다.

"너를 유혹하려고 황금을 놔두었던 그 마귀가 네게 그런 말들을 가르쳤구나."

그러자 아파나시는 양심에 가책을 느꼈고, 자신이 한 일들이 하나님을 위한 게 아니었음을 깨닫고는 울며 뉘우치기 시작했다.

그러자 천사가 비켜나 길을 터주었는데 요한이 벌써 거기서 형을 기다리고 있었다. 그 후로 아파나시는 금화를 쏟아 놓았던 마귀의 유혹에 넘어가지 않았고, 금이 아닌 오직 수고로써 하나님과 사람들을 섬길 수 있음을 깨달았다. 형제는 다시 예전처럼 살기 시작했다.

(1885년)

일리야스

ИЛЬЯС

우파주州*에 일리야스라는 바시키르인이 살았다. 일리야스는 아버지에게서 물려받은 게 많지 않았다. 아버지는 그를 혼인시키고 1년 후에 돌아가셨다. 당시 일리야스가 가진 재산은 암말 7마리, 암소 2마리, 양 20마리였다. 그래도 일리야스는 농가의 주인이었고 가진 걸 늘리기 시작했다. 아침부터 저녁까지 아내와 일을 하고, 가장 먼저 일어나 가장 늦게 잠자리에 들었으며 해가 갈수록 점점 더 부유해졌다. 일리야스는 그렇게 35년을 노동하며 살았고 큰 재산을 모으게 됐다.

이제 일리야스에게는 말 200마리, 소 150마리, 양 1,200마리가 있었다. 일꾼들이 일리야스의 가축 떼를 치고, 여자 일꾼들은 암말과 암소의 젖을 짜서 마유주馬乳酒와 버터, 치즈를 만들었다. 일리야스는 모든 게 풍족했다. 지역 사람들 모두가 일리야스의 삶을 부러워했다. 사람들은 "일리야스는 행복한 사람이야. 뭐든 풍족하잖아. 저리 잘 사니 죽는 것도 아깝겠어."라고 했다. 좋은 사람들이 일리야스를 알아보고 그와 친분을 맺기 시작했다. 먼 곳에서도 손님들이 그를 찾아왔다. 그는 손님들을 전부 맞이하며 음식을 주고 마실 것을 주었다.

* 우랄산맥 서남쪽 기슭에 위치한 곳, 현재는 러시아 내 바시키르공화국에 해당하며 수도가 우파이다.

누가 오든 마유주를 대접했으며 차도, 생선수프도, 양고기도 주었다. 손님들이 오면 즉시 양 한두 마리를 잡았고, 손님들이 많으면 소도 잡았다.

일리야스에겐 두 아들과 딸이 있었다. 그는 아들들을 혼인시키고 딸도 시집보냈다. 일리야스가 가난했을 때는 아들들도 아버지와 함께 일하고 말떼와 양떼를 직접 지켰으나, 부유하게 되자 방종한 생활을 시작했고 한 아들은 술을 마시기 시작했다. 큰아들은 싸우다가 맞아 죽었고, 작은아들은 며느리가 거만했는데 그래서인지 아버지에게 거역하기 시작했다. 일리야스는 그를 분가시킬 수밖에 없었다.

일리야스는 아들을 분가시키며 집과 가축을 주었고 자신의 재산은 줄게 되었다. 그리고 얼마 지나지 않아 일리야스의 양떼에 병이 돌아서 양이 많이 죽었다. 그 후엔 흉년이 들어 건초를 마련할 풀이 나지 않았다. 그래서 겨우내 가축들이 많이 말라 죽었다. 그 후엔 키르기스인들이 가장 좋은 말떼를 약탈해 가서 일리야스의 재산은 더욱 줄었다. 일리야스는 아래로 아래로 곤두박질치고 있었다. 기력도 쇠했다. 일리야스가 70세가 됐을 때는 털외투, 카펫, 안장, 이동식 천막을 팔았고, 또 마지막 남은 가축까지 다 팔아서 급기야 아무것도 없는 상태가 돼버렸다. 그는 자신도 모르는 새 빈털터리가 돼버렸고, 다 늙은 나이에 아내와 함께 남의 집에 들어가 일해야만 했다. 일리야스에게 남은 거라곤 몸에 걸친 옷, 털외투,

모자, 가벼운 부츠와 단화, 그리고 노파가 된 아내 샴세마기뿐이었다. 분가했던 아들은 먼 지방으로 떠났고 딸은 죽었다. 그래서 이 노인들을 도와줄 사람이 아무도 없었다.

이웃인 무하메드샤가 노인들을 불쌍히 여겼다. 무하메드샤는 가난하지도 부유하지도 않은, 그저 반듯하게 사는 좋은 사람이었다. 그는 일리야스의 후한 대접을 떠올리고는 가엾게 여겨 말했다. "우리 집으로 와, 일리야스, 할멈이랑 같이 와서 살아. 여름엔 원두밭에서 힘닿는 대로 일하고, 겨울엔 가축들 먹이를 주고, 샴세마기는 말젖을 짜고 마유주를 만들면 돼. 내가 두 사람 다 먹이고 입힐게. 그리고 또 필요한 거 있으면 말해, 줄 테니까." 일리야스는 이웃에게 고맙다 인사하고 아내와 함께 일꾼이 되어 무하메드샤의 집에서 살기 시작했다. 처음엔 어렵게 느껴졌지만 이내 익숙해졌고, 그렇게 노인들은 있는 힘껏 일하며 지냈다.

주인으로서는 이런 사람들을 데리고 있는 게 득이었다. 노인들은 직접 경영을 해봤기 때문에 일을 어떻게 해야 하는지 다 알고 있었으며 게으름 부리지 않고 힘껏 일했기 때문이다. 다만 무하메드샤는 이런 수준 높은 사람들이 어쩌다 이 지경까지 떨어졌을까 하는 생각에 그들을 보는 게 안쓰러웠다.

한번은 무하메드샤에게 사돈들과 먼 곳의 손님들이 찾아왔고, 그중엔 물라*도 있었다. 무하메드샤가 양을 잡으라고 지시했다. 일리야스는 양의 가죽을 벗기고 내장을 꺼내 손질

한 후 끓여서 손님들에게 보냈다. 손님들은 양고기를 먹고, 차를 마시고, 마유주를 들기 시작했다. 주인과 손님들은 카펫 위 푹신한 방석에 앉아 잔에 담긴 마유주를 마시며 이야기를 나누었다. 이때 일을 마친 일리야스가 문 옆을 지나쳤다. 무하메드샤가 그를 보고 손님에게 말했다.

"저기 문 옆을 지나간 노인 봤어?"

"봤지," 손님이 말했다. "근데 저자한테 뭐 놀라운 게 있는가?"

"놀라운 건 저 사람이 우리 지역에서 제일 큰 부자였다는 걸세. 일리야스라고 하지, 들어 보지 않았어?"

"당연히 들어 봤지," 손님이 말했다. "본 적은 없지만 먼 지방까지 명성이 자자했어."

"근데 지금은 빈털터리가 돼서 우리 집에서 일꾼으로 살아. 할멈도 같이 있어, 말젖을 짜."

손님은 매우 놀라서 혀를 차고 고개를 흔들었다.

"저런, 행복이 수레바퀴처럼 도는구먼. 누구는 위로 올라가고, 누구는 아래로 내려오고. 근데," 손님이 말했다. "노인은 당연히 옛날을 그리워하겠지?"

"누가 알겠어. 그냥 조용히 소박하게 지내, 일도 잘하고."

"저 사람과 얘기 좀 해도 될까? 인생에 대해 물어보고 싶은

* 이슬람교의 성직자.

데.”

“그럼, 되고말고!” 주인이 말하더니 천막 너머로 소리쳤다.

“바바이(바시키르어로 할아버지라는 뜻이다), 이리 들어와 마유주 좀 마셔요. 할멈도 부르고.”

일리야스가 아내와 함께 들어왔다. 일리야스는 손님들과 주인에게 인사를 하고, 기도문을 왼 후 문 옆에 무릎을 꿇고 앉았다. 아내는 휘장을 지나쳐 여주인과 함께 앉았다.

일리야스에게 마유주가 담긴 잔이 건네졌다. 일리야스는 손님들과 주인에게 고맙다 인사하고, 절을 하고, 마유주를 조금 마시고 잔을 내려놓았다.

“근데 할아버지,” 손님이 그에게 말했다. “우리를 보면서 예전 형편을 떠올리는 게 씁쓸하지 않소? 행복하게 지내다가 이제는 불행하게 사니.”

그러자 일리야스가 히죽 웃더니 말했다.

“내가 행복과 불행에 대해 말해도 당신은 안 믿을 거요. 차라리 내 아내한테 물어봐요. 여자라서 속마음을 그대로 말할 테니까. 이 일에 대해 다 사실대로 얘기해 줄 거요.”

그러자 손님이 휘장 너머로 말했다.

“그렇다면 할머니가 말해 봐요. 예전의 행복과 지금의 불행을 어떻게 생각하고 있소?”

휘장 너머에 있는 샴세마기가 말했다.

“이렇게 말해 주리다. 저 양반과 나는 50년을 같이 살면서 행복을 찾으려 했지만 못 찾았어요. 근데 우리한테 아무것도 안 남고 일꾼으로 지낸 지 2년이 된 지금에야 진짜 행복을 발견했다오. 그래서 다른 건 전혀 필요가 없어."

손님도 놀라고 주인도 놀랐다. 심지어 엉거주춤 일어나서 할멈을 보려고 휘장을 젖혔다. 할멈은 두 손을 모은 채 서 있었고 히죽 웃더니 노인을 쳐다봤다. 노인도 웃음을 지었다. 할멈이 다시 말했다.

"사실이라오. 농담하는 게 아니야. 반백 년 행복을 찾았지만 부유할 땐 찾질 못했어요. 지금은 빈털터리가 돼서 남의 집 일꾼으로 살지만 크나큰 행복을 얻었으니 이 이상 필요한 게 없지."

"근데 지금은 뭐가 그리 행복하오?"

"들어 봐요. 우린 부자였지만 저 양반도 나도 차분히 있을 때가 없었지. 서로 말할 시간도 없고, 영혼에 대해 생각할 시간도, 신께 기도 드릴 시간도 없었다오. 신경 쓸 일이 얼마나 많던지! 손님들이 오면 뭘 대접할까, 우릴 안 좋게 생각하면 안 되는데 선물은 뭘 해야 하나. 손님들이 가면 일꾼들을 감시해요. 일꾼들은 어떻게 하면 더 쉴까, 더 많이 먹을까 기회를 노리잖우. 그러니 우리는 뭐라도 없어지지 않을까 살펴보면서 죄를 지어요. 또 행여 늑대가 와서 망아지나 송아지를 해치지 않을까 걱정하고, 도둑들이 말떼를 몰아가지 않을까 걱정하고. 잠자리에 누워도 잠이 안 와. 양들이 새끼들을 깔아뭉개면 어쩌나 싶고. 그래서 밤에도 돌아다니고, 좀 안심이 된다 싶으면 또 드는 걱정이 겨우내 먹일 사료를 어떻게 비축할까. 게다가 남편이랑 나는 의견도 맞지 않았어요. 저 사람은 이렇게 해야 된다, 나는 이렇게 해야 된다 하면서 서로에게 죄를 짓고 욕을 하기 시작하지요. 이렇게 늘 걱정에 걱정, 죄에 죄를 지으며 살았으니 행복한 생활이 뭔지도 몰랐다오."

"그럼 지금은요?"

"지금은 남편이랑 일어나서 늘 사랑으로 한마음이 되어 얘기를 해요. 다툴 것도 없고, 보살펴야 할 것도 없고, 오로지 신경 쓸 일은 주인을 섬기는 것뿐이지. 주인이 손해 보지 않고 이득을 보도록 힘껏 일하고, 즐거운 마음으로 일해요. 집에 오면 점심식사가 있고, 저녁식사가 있고, 마유주도 있고. 추우면 말린 쇠똥을 태워 불을 피우고 털외투도 있지요. 이야기할 시간도 있고, 영혼에 대해 생각하고 신께 기도 드릴 시간도 있고. 50년이나 행복을 찾았는데 이제야 찾았다오."

손님들이 크게 웃었다.

그러자 일리야스가 말했다.

"형제들, 웃지 마시오. 이건 농담이 아니라 인간의 삶이라오. 나랑 할멈은 어리석어서 처음엔 재산을 잃고 울었지만, 이젠 신께서 진실을 보여 주셨소. 그리고 우린 자기만족에서가 아니라 당신들에게 선을 바라는 마음으로 이것을 알려 주는 것이오."

그러자 물라가 말했다.

"지혜로운 말씀입니다. 일리야스가 정확한 진실을 말했네요. 경전에도 써 있지요."

손님들은 웃음을 멈추고 생각에 잠겼다.

(1885년)

사랑이 있는 곳에
하나님도 있다

ГДЕ ЛЮБОВЬ, ТАМ И БОГ

어느 도시에 마르틴 아브데이치라는 제화공이 살았다. 그는 창문 하나가 있는 지하 단칸방에 살았다. 창문은 길을 향해 나 있었다. 창밖으로 사람들이 지나다니는 게 보였다. 비록 다리만 보였지만 마르틴 아브데이치는 신발만 보고도 누구인지 알았다. 마르틴 아브데이치는 한곳에서 오랫동안 지냈기 때문에 아는 사람들이 많았다. 지역에서 보기 드문 귀한 부츠도 그의 손을 거친 게 한두 번이 아니었다. 어떤 것은 밑창을 갈고, 어떤 것은 가죽 조각을 덧대고, 어떤 것은 꿰매고, 또 어떤 것은 발등 부분을 새로 만들기도 했다. 그래서 창문을 통해 자신이 손본 신발들을 자주 보았다. 일감도 늘 많았는데 아브데이치가 성실하게 일하고, 질 좋은 신발을 만들고, 필요 이상의 주문은 받지 않고 약속을 잘 지켰기 때문이다. 기한 내에 할 수 있으면 주문을 받고, 그렇지 않으면 속이지 않고 미리 말했다. 모두가 아브데이치를 알고 있었으며 그에겐 일이 끊이지 않았다. 아브데이치는 늘 좋은 사람이었지만 노년에 들어 더욱 자신의 영혼에 대해 생각하고 더욱 하나님을 가까이하기 시작했다. 마르틴의 아내는 그가 아직 주인 밑에서 일하던 시절에 죽었다. 아내가 떠나고 세 살배기 아들만 남게 되었다. 다른 아이들은 살아남지 못했다. 큰애들이 있었지만 그전에 다 죽었었다. 마르틴은 처음엔 아들내미를 시골에 사는 누이에게 보내려고 했지만 가여운 생각이 들었다. '다른 집에서 사는 건 내 아들 카피토시카에게 힘든 일일 거야. 내가 데리고 살자.' 아브데이치는 주인집에서 나와 아들내미와 셋집살이를 시작했다. 그런데 하나님은 아브데이치에게 자식 복을 주지 않으셨다. 소년이 커서 아버지를 돕기 시작하고, 그가 아이로 인해 기뻐하기 시작할 무렵 카피토시카가 병에 걸렸다. 소년은 앓아눕더니 일주일을 고열에 시달리다가 죽었다. 마르틴은 아들을 묻고 절망에 빠졌다. 너무나 절망한 나머지 하나님께 불평하기 시작했다. 큰 우울감이 닥쳐서 하나님께 죽고 싶다고 한 게 한두 번이 아니었으며, 늙은 자신을 데려가지 않고 하나뿐인 사랑하는 아들을 데려가셨다며 넋두리했다. 아브데이치는 교회에 다니는 것도 그만두었다. 그러던 어느 날 같은 고향 사람인 노인이 삼위일체 수도원에서 돌아오다가 아브데이치 집에 들렀다. 그는 벌써 8년째 순례를 다니고 있었다. 그와 이야기를 나누게 된 아브데이치는 자신의 불행을 불평하기 시작했다.

"하나님의 사람아, 이젠 살고 싶은 마음도 없어. 그냥 죽으면 좋겠어. 하나님께 구하는 건 그거 하나뿐이야. 희망도 없이 혼자 남았으니."

그러자 노인이 말했다.

"마르틴, 자네 그리 말하는 건 좋지 않아. 하나님의 일을 우리가 판단할 순 없어. 인간의 이성이 아니라 하나님의 판단으로 되는 일이잖아. 자네 아들에겐 죽을 것을, 자네에겐 살 것을 명하신 거지. 그렇다면 그게 나은 거야. 그리고 자네가 그리 절망하는 건 자신의 기쁨을 위해 살려고 했기 때문이지."

"그럼 대체 뭘 위해 산단 말인가?" 마르틴이 물었다.

그러자 노인이 말했다.

"하나님을 위해 살아야 돼, 마르틴. 그분이 자네에게 생명을 주셨으니 그분을 위해 살아야지. 그분을 위해 살게 되면 어떤 일에도 상심하지 않게 되고 모든 게 가볍게 여겨질 걸세."

마르틴이 잠시 침묵하더니 말했다.

"그럼 하나님을 위해서는 어떻게 살아야 하나?"

노인이 말했다.

"어떻게 하나님을 위해 살지는 그리스도께서 보여 주셨지. 자네 글자 읽을 줄 알아? 복음서를 사서 읽어 봐, 하나님을 위해 어떻게 살아야 할지 알게 될 거야. 거기에 다 나와 있어."

이 말이 아브데이치의 가슴 깊이 박혔다. 그래서 그날로 큰 글자로 된 신약성서를 사다가 읽기 시작했다.

아브데이치는 축일에만 읽으려 했으나, 읽기 시작하자 마음이 편해져서 매일 읽었다. 한번은 읽기에 너무 몰두한 나머지 등불에 등유가 다 타버렸는데도 책을 내려놓을 수 없었다. 그렇게 아브데이치는 매일 저녁 성서를 읽기 시작했다. 읽으면 읽을수록 하나님께서 자신에게 무엇을 원하시는지, 하나님을 위해 어떻게 살아야 할지 더욱 분명히 깨달았다. 마음도 점점 더 가벼워졌다. 예전엔 자려고 누우면 한숨을 내쉬고 끙끙거리며 카피토시카를 줄곧 떠올렸지만, 이제는 '당신께 영광을, 주님 당신께 영광을! 당신의 뜻입니다.'라는 말을 되풀이했다. 그리고 이 무렵부터 아브데이치의 삶 전체가 바뀌었다. 예전에는 기분을 내러 주막에 들러서 차를 마시고 보드카도 마다하지 않았었다. 지인과 술을 마시면 인사불성까진 아니어도 취흥이 난 상태로 주막을 나와 쓸데없는 말을 늘어놓고 애먼 사람을 불러 세우거나 꾸짖기도 했다. 이젠 그런 일들이 저절로 사라졌다. 그의 삶은 조용하고 즐거웠다. 아침에 일을 시작해서 작업 시간을 채우고 나면 등불을 내려 상 위에 놓고, 선반에서 책을 가져다 펼치고는 읽기 시작했다. 읽으면 읽을수록 더욱 이해가 되었고 마음은 더욱 밝아지며 즐거웠다.

한번은 마르틴이 늦게까지 책을 읽고 있었다. 그는 누가복음을 읽었다. 6장을 읽는데 다음과 같은 구절이 있었다. "누가 네 뺨을 때리거든 다른 뺨도 돌려 대라. 누가 네 겉옷을 빼앗아 가고 속옷까지 가져간다 해도 거절하지 말라. 누구든지 달라고 하면 주고 네 것을 가져가면 돌려받겠다고 하지 말라. 너희가 남에게 대접을 받고자 하는 대로 남을 대접하라."*

계속해서 주께서 말씀하시는 구절을 읽었다.

"어째서 너희는 나를 '주여, 주여' 하고 부르면서 내가 말하는 것은 행하지 않느냐? 내게 와서 내 말을 듣고 그대로 실천에 옮기는 사람이 어떤 사람과 같은지 너희에게 보여 주겠다. 그는 땅을 깊이 파고 바위 위에 단단히 기초를 세운 건축자와 같다. 홍수가 나서 폭우가 덮쳐도 그 집은 흔들리지 않았다. 그 집이 잘 지어졌기 때문이다. 그러나 내 말을 듣고도 실천에 옮기지 않는 사람은 기초 없이 맨땅에 집을 지은 사람과 같다. 그 집은 폭우가 덮치는 즉시 무너져 폭삭 주저앉았다."**

이 말씀을 읽은 아브데이치는 마음이 즐거워졌다. 그는 안경을 벗어 책 위에 놓고 책상에 팔꿈치를 괴고는 생각에 잠겼다. 그는 자신의 삶을 이 말씀에 적용해 보았다. 그가 속으로 생각했다.

'내 집은 바위 위에 있을까, 모래 위에 있을까? 바위 위에 있는 것 같으니 좋구나. 마음도 가벼워. 혼자지만 하나님께서 명하신 대로 다 한 것 같아. 그래도 좀 느슨해지면 또 죄를 지을 거야. 계속 애를 써야겠어. 아무튼 참 좋구나. 주님, 나를 도우소서!'

그는 이렇게 생각하고 잠자리에 들려 했다. 그런데 책을 놓기가 아쉬웠다. 그래서 7장도 읽기 시작했다. 백부장*에 대해 읽고, 과부의 아들에 대해 읽고, 요한의 제자들에게 하신 답변도 읽고, 이젠 부유한 바리새파 사람이 주님을 자신의 집에 초대하는 장면에 이르렀다. 그리고 한 죄인인 여자가 주의 발에 향유를 바르고 자신의 눈물로 발을 씻은 것에 대해, 또 주께서 그 여자의 죄를 용서하신 것에 대해서도 읽었다. 그리고 44절에 이르러서 계속 읽어 내려갔다.

"그러고 나서 예수께서는 그 여인을 돌아보고 시몬에게 말씀하셨다. '이 여인이 보이느냐? 내가 네 집에 들어왔을 때 너는 내게 발 씻을 물도 주지 않았다. 그러나 이 여인은 자신의 눈물로 내 발을 적시고 자신의 머리카락으로 닦아 주었다. 너는 내게 입 맞추지 않았지만 이 여인은 내가 들어왔을 때부터 계속 내 발에 입 맞추고 있다. 너는 내 머리에 기름을 부어 주지 않았지만 이 여인은 내 발에 향유를 부어 주었다.'" 이 구절을 읽은 그는 생각했다. '발 씻을 물을 주지 않고, 입을 맞추지 않고, 머리에 기름을 발라주지 않았다…….'

아브데이치는 다시 안경을 벗어 책 위에 놓고 생각에 잠겼다.

'내가 꼭 이 바리새파 사람 같았구나. 나도 내 자신에 대

---

* 로마 군대 조직에서 백 명의 군사를 거느린 지휘관.

사랑이 있는 곳에 하나님도 있다

해서만 생각한 것 같아. 차를 배불리 마시고 따뜻하고 편하게 있으려고만 했지 손님에 대해선 생각할 줄을 몰랐어. 나만 생각하고 손님은 배려하지 않았지. 한데 손님은 누구란 말인가? 바로 주님이지. 만일 나한테 오셨다면 난 과연 그렇게 했을까?'

아브데이치는 두 팔로 턱을 괸 채 자신도 모르게 잠들었다.

"마르틴!" 갑자기 그의 귓가에 어떤 숨결이 느껴졌다.

마르틴은 움찔하며 선잠에서 깨어났다.

"누구요?"

몸을 돌려 문 쪽을 봤지만 아무도 없었다. 그는 다시 몸을 기대고 잠들었다. 갑자기 분명한 소리가 들렸다.

"마르틴, 마르틴! 내일 밖을 내다봐, 내가 올게."

마르틴은 잠에서 깨어 의자에서 일어나 눈을 비비기 시작했다. 이 말을 들은 게 꿈인지 생시인지 분간이 안 되었다. 그는 등불을 끄고 잠자리에 들었다.

다음 날 아침 아브데이치는 날이 밝기 전에 일어나서 하나님께 기도를 하고, 페치카를 피우고, 양배추 수프와 죽을 올려놓고, 사모바르*를 준비하고, 앞치마를 두르고, 일하려고 창가를 향해 앉았다. 아브데이치는 일하는 내내 어제 일에 대

---

* 러시아 전래의 특유한 주전자. 속에 관이 있어서 그 속에 숯불을 넣어 물을 끓인다.

톨스토이 단편선

해 생각했다. 두 가지로 생각이 들었는데 정말로 어떤 목소리를 들었을 수도 있고, 그렇게 느낀 것일 수도 있다. '뭐, 그런 일도 있지.'라고 그는 생각했다.

마르틴은 창가에 앉아서 창문 밖을 보느라 제대로 일을 하지 못했다. 모르는 신발을 신고 지나가는 사람이 있으면 발뿐만 아니라 얼굴까지 보려고 허리를 굽혀 창밖을 봤다. 새 발렌키를 신은 저택 관리인이 지나가고, 물장수가 지나가고, 그 다음엔 여기저기 꿰맨 낡은 발렌키를 신고 손에는 삽을 든 늙은 용병이 창문 앞에 다가섰다. 아브데이치는 발렌키를 보고 그를 알아봤다. 노인의 이름은 스테파니치였는데 이웃 상인의 집에 얹혀살고 있었다. 그는 저택 관리인의 일을 돕는 임무를 맡고 있었다. 스테파니치가 아브데이치 창문 앞에서 눈을 치우기 시작했다. 아브데이치는 그를 잠시 보고는 다시 일을 하기 시작했다.

"이거 봐라, 늙으니까 바보가 됐어." 아브데이치가 헛웃음을 쳤다. "스테파니치가 눈을 치우는데, 난 또 그리스도께서 내게 오시는 줄 알았잖아. 노인네가 정신 나갔구먼."

하지만 송곳 바늘로 열 땀이나 꿰맸을까, 아브데이치는 다시 창밖으로 마음이 쏠렸다. 그가 다시 창밖을 봤을 땐 스테파니치가 삽을 벽에 세워 둔 채 햇볕을 쬐며 쉬고 있었다.

나이 들고 허약한 사람이 눈을 치우는 게 힘에 부쳐 보였다. 아브데이치는 생각했다. '사모바르도 끓고 있는데 차나 대접할까?' 그는 송곳 바늘을 찔러 놓고 일어났다. 사모바르를 상 위에 올리고 차에 물을 붓고는 손가락으로 유리창을 두드렸다. 스테파니치가 돌아보더니 창문으로 다가왔다. 아브데이치는 그를 손짓해 부르고는 문을 열러 갔다.

"들어와서 몸 좀 녹이는 게 어때? 몸이 얼었잖아, 차 좀 마셔."

"그리스도께서 구원하시길. 뼈마디가 다 쑤셔." 스테파니치가 말했다.

그는 들어와서 몸에서 눈을 털어내고, 바닥을 더럽히지 않으려고 신발을 문질렀는데 몸이 비틀거렸다.

"그럴 거 없어. 내가 이따 닦으면 돼, 늘 하는 일이니까. 와서 앉아." 아브데이치가 말했다. "자, 차 좀 마셔."

아브데이치는 차 두 잔을 따라서 한 잔은 손님에게 건네고, 자신의 차는 작은 접시에 옮겨 붓고 입바람을 불기 시작했다.*

스테파니치가 차를 다 마시고는 잔을 엎어 놓고** 그 위에 남은 설탕 조각을 올려놓은 후 고맙다고 했다. 하지만 더 마시고 싶어 하는 게 보였다.

"더 들어." 아브데이치는 자신과 손님에게 또 차를 따랐다.

---

* 뜨거운 차를 빨리 식히려고 납작한 접시에 부어서 마시는 걸 뜻한다.
** 더 이상 마시지 않겠다는 뜻이다.

스테파니치는 차를 마시는데, 자신은 그러는 둥 마는 둥 밖을 계속 내다봤다.

"누구 기다려?" 손님이 물었다.

"누굴 기다리냐고? 누굴 기다리는지 말하긴 좀 창피해. 기다리긴 기다리는데, 암튼 마음에 박힌 말이 있어서. 꿈이었는지는 나도 모르겠지만. 이보게, 친구, 어제 내가 복음서에서 아버지 그리스도에 대한 이야기를 읽었다네. 얼마나 고통을 당하셨는지, 어떻게 세상을 다니셨는지. 자네도 아마 들어 봤겠지?"

"들어 보기야 들어 봤지," 스테파니치가 대답했다. "근데 우리 같은 사람들은 못 배워서 글을 모르잖은가."

"아무튼 들어 봐, 내가 마침 그리스도께서 여기저기를 다니시는 부분을 읽었어. 근데 바리새파 사람한테 가셨는데 그 사람은 그분을 제대로 맞이하지 않았지. 근데 말이야, 친구, 내가 어제 읽으면서 그런 생각을 했다네. 어떻게 아버지 그리스도를 마땅히 대접하지 않을 수 있었을까. 그리고 예를 들어, 나한테라도 오셨다면 나는 또 어떻게 영접했을까. 그것도 모를 일이지. 근데 그 사람은 제대로 영접하지 않았어. 이런 생각을 하다 깜박 잠들었다네. 잠들었는데 글쎄, 내 이름을 부르는 소리가 들렸어. 잠에서 깨니까 꼭 누가 속삭이는 것처럼 그 목소리가 말했다네. 기다리라고, 내일 오겠다고.

두 번이나 그랬다네. 아무튼 자네가 믿을진 모르겠지만 그

사랑이 있는 곳에 하나님도 있다

말이 머릿속에 박혔어. 스스로 바보 같다고 욕하면서도 계속 그분을 기다리고 있다네, 아버지를."

스테파니치는 고개를 끄덕이고 말없이 차를 마저 다 마시고는 잔을 눕혀 놓았다. 그런데 아브데이치가 다시 잔을 세우고 차를 따랐다.

"많이 들어. 근데 생각해 보니 그분께서, 아버지께서 이 땅에 계실 때 그 누구도 꺼리지 않으시고 평범한 사람들과 더 많이 지내셨어. 항상 평범한 사람들과 다니시고 제자들도 형제들 중에서, 우리 같은 죄인들, 노동자들 중에서 택하셨지. 말씀하시기를 누구든 스스로를 높이면 낮아질 것이고, 스스로를 낮추면 높아진다고 하셨다네. 너희들은 나를 주님이라고 부르지만 나는 너희들의 발을 씻겨 준다고 하셨어. 으뜸이 되고 싶으면 모두의 종이 되라고 하셨지. 왜냐하면 가난하고 겸손하고 온유하고 자비로운 사람들에게 복이 있기 때문이라고 하셨네."

스테파니치는 차 마시는 것도 잊었다. 그는 나이도 많고 눈물도 많은 사람이었다. 가만히 앉아서 이야기를 듣는 그의 얼굴에 눈물이 흘렀다.

"자, 더 마셔." 아브데이치가 말했다. 하지만 스테파니치는 성호를 긋고 고맙단 말을 하고는 잔을 밀어 놓고 자리에서 일어났다.

"고맙네, 마르틴 아브데이치. 나를 대접해 주고, 마음도 몸도 가득 채워 줬어."

"언제든 환영이야. 다음에도 들러. 손님이 오면 기쁘다네." 아브데이치가 말했다.

스테파니치가 떠나고 마르틴은 마지막 남은 차를 따라 마시고 그릇을 치웠다. 그리고 다시 일하려고 창가에 앉았다. 뒤축을 박음질해야 했다. 박음질을 하면서도 계속 창밖을 보았고 그리스도를 기다리며 그분에 대해, 그분께서 하신 일에 대해 내내 생각했다. 머릿속에 자꾸만 그리스도의 여러 말씀들이 떠올랐다.

두 명의 병사가 근처를 지나갔는데 한 명은 관에서 내린 부츠를, 또 한 명은 자신의 부츠를 신고 있었다. 그다음엔 깨끗이 닦인 덧신을 신은 옆집 주인이 지나가고, 빵집 사람이 바구니를 들고 지나갔다. 모두가 지나쳐 갔는데 긴 털양말에 촌스러운 단화를 신은 한 여자가 창가에 나타났다. 그녀는 창문을 지나쳐서 벽 앞에 멈춰 섰다. 창문 아래에서 밖을 내다본 아브데이치는 남루한 옷차림에 아기를 안고 있는 낯선 여자를 발견했다. 그녀는 바람을 막으려고 벽으로 돌아서서 아이를 감쌌지만 감쌀 만한 것도 없었다. 여름옷을 입고 있는데 그마저 낡아 보였다. 창문 너머로 아이의 울음소리가 들렸고, 여자는 아무리 해도 아이를 달랠 수 없었다. 아브데이치는 일어나 문을 열고 나가서 계단을 올라간 후 소리쳤다.

"애기 엄마! 애기 엄마!" 여자가 소리를 듣고 뒤를 돌아봤다.

"애까지 데리고 왜 추운 데 서 있어? 우리 집으로 들어와. 따뜻하니까 애를 달래기도 좋을 거야. 이리로 와."

여자는 깜짝 놀랐다. 앞치마를 두르고 코에 안경을 걸친 한 노인이 자신을 부르고 있었다. 그녀는 그를 따라갔다.

계단을 내려와 방으로 들어가자 노인은 여자를 침대 쪽으로 인도했다.

"여기로 앉아, 애기 엄마. 페치카에 가깝게." 그가 말했다. "몸도 녹이고 갓난아이 젖도 먹여."

"젖이 안 나와요. 제가 아침부터 아무것도 못 먹었어요." 여자는 그렇게 말했지만 어쨌든 아기를 가슴에 품었다.

아브데이치는 고개를 흔들고는 식탁으로 가서 빵과 그릇을 꺼내고, 페치카의 바람구멍을 열고, 양배추 수프를 그릇에 덜고, 죽이 담긴 단지를 꺼냈다. 그런데 죽은 아직 충분히 쑤어지지 않아서 수프만 담아 상에 올렸다. 빵을 가져오고, 고리에 걸려 있던 수건을 식탁 위에 놓았다.

"여기 앉아 좀 먹어, 애기 엄마. 애는 내가 잠깐 데리고 있을게. 나도 애들이 있었으니까 돌볼 줄 안다오."

여자는 성호를 긋고 식탁에 앉아 먹기 시작했고, 아브데이치는 아이가 있는 침대에 걸터앉았다. 입술로 쪽쪽 소리를 내려 했지만 이가 없어서 잘 되지 않았다. 아이는 계속 울어댔다. 그러자 아브데이치는 손가락으로 놀래 주자 생각하고는 손가락을 움직이며 아이 입에 가까이 가져가다가 치웠다. 손에 역청이 묻고 새카매서 손가락이 입에 닿지 않도록 했다. 그러자 아이가 손가락을 쳐다보며 조용해지더니 이내 웃기 시작했다. 아브데이치도 덩달아 즐거웠다. 여자는 음식을 먹으며 자신이 누구인지, 어디로 다녔는지 이야기했다.

"제 남편은 군인인데, 남편이 멀리 떠나서 8개월째 소식이 없어요. 식모로 일하면서 애를 낳았지요. 근데 애 딸린 저를 더는 못 있게 했어요. 그래서 석 달째 정처 없이 떠돌아다니고 있네요. 가진 걸 다 팔아서 겨우 먹고살았지요. 유모로 일해 보려고도 했지만 삐쩍 말랐다며 안 받아 줘요. 방금 어떤 상인의 부인한테 갔다 오는 길이에요. 거기에 아는 여자가 사는데 절 써준다고 해서요. 가면 바로 일할 줄 알았는데 다음 주에 오래잖아요. 근데 거기가 멀어요. 저도 기운이 다 빠지고, 괜히 애까지 힘들게 했네요. 지금 지내고 있는 집주인 아주머니가 그리스도의 뜻을 위해 저희를 딱하게 여겨 주셔서 감사하지요. 안 그랬으면 어떻게 살지 막막했을 거예요."

아브데이치는 한숨을 내쉬고 말했다.

"근데 옷은 따뜻한 게 없어?"

"따뜻하게 입어야 되긴 하죠. 어제 마지막 남은 숄을 20코페이카 받고 전당포에 맡겼어요."

여자가 침대로 다가와 아이를 안았고, 아브데이치는 벽장으로 가서 뒤적거리더니 오래된 외투 하나를 가져왔다.

"받아," 그가 말했다. "별로 좋은 건 아니지만 두를 만할 거야."

여자는 외투와 노인을 번갈아 보다가 외투를 받아들고는 울음을 터뜨렸다. 아브데이치는 뒤돌아서 침대 밑으로 몸을 숙여 작은 함을 꺼냈다. 그리고 함을 헤집다가 다시 여자 맞은편에 앉았다.

그러자 여자가 말했다.

"그리스도께서 할아버지를 구원하시길. 그분이 저를 할아버지네 창가로 오게 하셨나 봐요. 애를 얼어 죽일 뻔했어요. 나올 땐 따뜻했는데 지금은 정말 추워졌네요. 하늘 아버지께서 할아버지가 창밖을 보고 불쌍한 저를 딱하게 여기도록 하신 거예요."

아브데이치는 겸연쩍게 미소 지으며 말했다.

"그분이 그렇게 하신 게 맞다오. 내가 괜히 창밖을 본 게 아니거든."

마르틴은 군인의 아내에게 자신의 꿈을 얘기해줬다. 어떤 목소리가 약속하길 주께서 오늘 그에게 오신다는 것이었다.

"무슨 일이든 있을 수 있죠." 여자가 말하더니 일어나 외투를 걸치고, 아이를 그 안에 감싸 안고, 허리 숙여 인사하며 아브데이치에게 고맙다고 했다.

"이거 받아, 그리스도의 뜻을 위해."* 아브데이치가 숄을 찾

* '제발', '부디'처럼 간절함을 표하는 말이다. 무언가를 청하거나 권하면서 '그리스도의 뜻을 위해, 하나님의 뜻을 위해'라고 한다.

78
톨스토이 단편선

으라며 그녀에게 20코페이카를 내밀었다. 여자가 성호를 그었고, 아브데이치도 성호를 긋고는 그녀를 배웅했다.

여자는 떠났고, 아브데이치는 수프를 먹고 치운 다음 다시 일을 하려고 앉았다. 일하면서도 창밖을 보는 걸 잊지 않아서 창문이 어둑해지면 누가 지나가는지 곧장 쳐다봤다. 아는 사람도 지나가고 모르는 사람도 지나가고, 특별한 사람은 없었다.

그런데 창문 맞은편에 장사하는 노파가 멈춰 서는 게 보였다. 그녀는 사과가 담긴 바구니를 들고 있었다. 조금만 남은 걸 보니 거의 다 판 듯했고, 어깨에는 나무쪼가리들이 담긴 자루를 메고 있었다. 공사판에서 주워 담아서 집으로 가져가는 모양이었다. 그녀의 어깨가 자루에 눌려 처져 있었다. 노파는 자루를 다른 쪽 어깨에 짊어지려고 인도에 내려놨다. 사과 바구니는 기둥에 올려놓은 후 자루에 담긴 나무쪼가리들을 흔들어대기 시작했다. 노파가 자루를 흔들고 있을 때 갑자기 찢어진 모자를 쓴 소년이 나타나 바구니에서 사과 하나를 몰래 집어 들고 도망치려고 했다. 노파는 눈치를 채고 몸을 돌려서 아이의 소매를 붙잡았다. 붙들린 소년은 벗어나려고 애를 썼지만 노파가 아이를 두 손으로 붙잡았고 모자를 쳐내 떨치고는 머리칼을 움켜쥐었다. 소년은 소리를 지르고 노파는 욕을 해댔다. 아브데이치는 송곳 바늘을 찔러 놓을 새도 없이 바닥에 팽개치고 문밖으로 달려갔다. 그리고 계단을 오르다 넘어져서 안경을 떨어뜨렸다. 아브데이치는 거리로 뛰쳐나왔다. 노파가 아이의 머리칼을 잡아 흔들며 호통을 쳤고 순경에게 데려가려고 했다. 아이는 발뺌을 하며 거짓말을 했다.

"안 가져갔는데 왜 때려! 놔요!"

아브데이치는 둘을 떼어 놓기 시작했다. 그가 소년의 손을 붙잡고 말했다.

"애를 놔줘, 할머니, 용서해 줘, 그리스도의 뜻을 위해!"

"내 아주 단단히 용서를 해주지, 절대 잊어버리지 않게. 깡패 녀석을 경찰서에 데려갈 거야."

아브데이치가 노파에게 간절히 부탁했다.

"놔줘, 할머니, 다시는 안 그럴 거야. 놔줘, 그리스도의 뜻을 위해!"

노파가 소년을 놔주자 소년이 달아나려 했다. 하지만 아브데이치가 그를 붙들었다.

"할머니한테 용서를 빌어라. 앞으론 이러지 말고. 사과 훔치는 거 내가 봤어."

소년은 울음을 터뜨렸고 용서를 구하기 시작했다.

"그렇지. 자, 여기 사과 받아."

아브데이치는 바구니에서 사과를 집어 소년에게 건넸다.

"할머니, 돈은 내가 낼게." 그가 노파에게 말했다.

"악당 놈들 버릇만 더 나쁘게 들이는 거야." 노파가 말했다.

"이런 놈은 한 일주일 앉지도 못하게 엉덩이에 상을 내려야 한

80
톨스토이 단편선

다구."

"에휴, 할머니, 할머니." 아브데이치가 말했다. "사람 맘이야 그렇지만 하나님의 뜻은 아니야. 사과 하나에 회초리를 들어야 한다면, 죄 많은 우리는 어떻게 되겠어?"

노파는 입을 다물었다.

그러자 아브데이치는 노파에게 주인이 소작농의 큰 빚을 전부 탕감해 줬는데 그 소작농은 가서 자기에게 빚진 사람을 윽박질렀다는 비유*를 들려줬다. 노파는 끝까지 들었고, 소년도 가만히 이야기를 들었다.

"하나님은 용서하라고 하셨어." 아브데이치가 말했다. "안 그러면 우리도 용서 못 받는다고. 누구든 용서하라고 하셨는데 이 철없는 녀석쯤이야 못하겠어."

노파는 고개를 끄덕이며 한숨을 내쉬었다.

"허긴 그렇지. 근데 이놈들이 정말 뻔뻔스럽다니까."

"그러니 우리 노인네들이 가르쳐야지." 아브데이치가 말했다.

"내 말이." 노파가 말했다. "난 아이가 일곱이나 있었는데 딸 하나만 남았다오."

노파는 자신이 어디에 사는지, 딸네 집에서 어떻게 지내는지, 손주들은 몇 명 있는지 이야기하기 시작했다.

---

* 마태복음 18장에 나오는 비유로 끝없이 용서해야 한다는 내용.

"이젠 이렇게 기운도 없는데, 그래도 일을 하잖아. 녀석들이, 손주들이 아까워서. 애들이 너무 좋아. 고 녀석들처럼 나를 반갑게 맞아주는 사람은 없다오. 악슈트카는 나한테 딱붙어서 아무한테도 안 가. 할머니, 사랑하는 할머니, 착한 할머니… 하면서." 노파는 마음이 완전히 누그러졌다.

"애들이 다 그렇지. 하나님이 이 녀석과 함께하시길." 노파가 소년을 향해 말했다.

노파가 자루를 어깨에 메려고 하자 소년이 불쑥 나서며 말했다.

"이리 줘, 할머니, 나도 이쪽으로 가." 노파는 고개를 끄덕이고 소년에게 자루를 걸머지웠다.

그리고 두 사람은 나란히 길을 갔다. 노파는 아브데이치에게 사과값을 받는 것도 잊어버렸다. 아브데이치는 한동안 서서 두 사람이 말을 주고받으며 걸어가는 모습을 바라봤다.

그들을 배웅한 후 아브데이치는 집으로 돌아왔다. 오다가계단에서 안경을 주웠는데 깨지지 않고 멀쩡했다. 그는 송곳바늘을 집어 들고 다시 일하기 시작했다. 조금 일하고 나니어두워서 실을 제대로 끼울 수 없었다. 점등부가 다니며 가로등을 켜기 시작했다. 그는 '불을 켜야겠네.' 생각하고 등에 기름을 채워 걸고는 다시 일하기 시작했다. 부츠 한 짝이 완성되었다. 이리저리 돌려가며 살펴보니 썩 잘되었다. 그는 연장을 정리하고, 부스러기를 쓸어내고, 실과 끈과 송곳 바늘을 치우고, 등불을 내려 상 위에 놓고, 선반에서 복음서를 가져왔다. 어제 염소 가죽 조각을 끼워 놓은 곳을 펼치려고 했는데 다른 곳이 펼쳐졌다. 복음서를 펼치자 아브데이치는 어제 본 꿈이 떠올랐다. 그리고 꿈이 떠오르자마자 갑자기 뒤에서 누군가 몸을 움직이고 걸음을 옮기는 듯한 소리가 들렸다. 뒤를 돌아보니 어두컴컴한 방구석에 웬 사람들이 서 있었다. 사람들이 서 있긴 한데 누구인지는 도무지 알 수 없었다. 그러자 목소리가 귀에 대고 속삭였다.

"마르틴, 마르틴! 나를 못 알아봤어?"

"누구를?" 아브데이치가 중얼거렸다.

"나야." 목소리가 말했다. "이게 나잖아."

그러자 어두운 구석에서 스테파니치가 나오며 미소를 지었고 마치 구름이 흩어지듯 사라졌다……

"이것도 나야." 목소리가 말했다.

어두운 구석에서 아이를 안은 여자가 나와 미소 지었고 아이도 소리 내어 웃더니, 그들 역시 사라졌다.

"이것도 나야." 목소리가 말했다.

노파와 사과를 든 소년이 나오더니 둘 다 미소를 짓고는 역시 사라졌다.

아브데이치는 마음이 흐뭇해졌다. 그는 성호를 그은 후 안경을 걸치고 복음서가 펼쳐진 곳을 읽기 시작했다. 페이지 위쪽엔 다음과 같은 구절이 있었다.

사랑이 있는 곳에 하나님도 있다

"너희는 내가 배고플 때 먹을 것을 주었고 내가 목마를 때 마실 것을 주었으며 내가 나그네 됐을 때 나를 맞아들였다."*

또 아래쪽엔 이러한 구절이 있었다.

"무엇이든 너희가 여기 있는 내 형제들 중에 가장 보잘것없는 사람에게 한 것이 곧 내게 한 것이다."**

아브데이치는 꿈이 자신을 속인 게 아니었음을, 분명 오늘 그에게 구세주가 오셨고, 분명 자신이 그분을 영접했음을 깨달았다.

(1885년)

---

* 마태복음 25장 35절.
** 마태복음 25장 40절.

바보 이반과
그의 두 형제 이야기

: 군인 세묜, 배불뚝이 타라스, 벙어리 누이 말라냐, 그리고 늙은 악마와 새끼 악마 셋

СКАЗКА ОБ ИВАНЕ-
ДУРАКЕ И ЕГО ДВУХ БРАТЬЯХ :
СЕМЁНЕ-ВОИНЕ И ТАРАСЕ-БРЮХАНЕ, И НЕМОЙ СЕСТРЕ
МАЛАНЬЕ, И О СТАРОМ ДЬЯВОЛЕ И ТРЁХ ЧЕРТЕНЯТАХ

1

옛날 어느 왕국에, 어느 국가에 부유한 농부가 살았다. 부
유한 농부에겐 군인 세몬, 배불뚝이 타라스, 바보 이반 이렇
게 세 아들과 벙어리 노처녀인 딸 말라냐가 있었다. 군인 세
몬은 왕의 군사로 전쟁터에 나갔고, 배불뚝이 타라스는 장사
를 하러 도시의 상인에게 갔고, 바보 이반과 누이는 집에 남
아 등이 굽도록 일을 했다. 군인 세몬은 군 복무로 좋은 관직
과 영지를 얻어서 귀족의 딸과 결혼했다. 봉급도 많고 땅도 넓
었지만 먹고살기는 늘 힘들었다. 남편이 벌어 오는 족족 귀족
인 아내가 허투루 써버렸기 때문에 늘 돈이 없었다. 군인 세
몬은 소득을 거두기 위해 영지로 갔다. 영지 관리인이 그에게
말했다.

"뭘 얻을 게 있어야 말이죠. 우린 가축도 없고, 농기구도 없
고, 말도 없고, 소도 없고, 쟁기도 없고, 써레도 없어요. 이런
걸 다 갖춰 놔야 돼요. 그래야 소득이 생길 겁니다."

그러자 군인 세몬은 아버지한테 갔다.

"아버지, 아버진 부자면서 제게 아무것도 안 주셨어요. 제
게 3분의 1을 떼어 주세요. 제 땅으로 가져갈래요."

그러자 노인이 말했다.

"너는 내 집에 아무것도 안 갖다줬는데 뭘 보고 너한테 3분의 1을 주겠냐? 이반이랑 누이가 속상해할 거야."

그러자 세몬이 말했다.

"아, 걔는 바보잖아요. 누이는 벙어리 노처녀고. 걔들한테 뭐가 필요하겠어요?"

노인이 말했다.

"이반이 뭐라는지 보자."

그런데 이반은 말했다.

"뭐, 그렇다면, 가져가라 하세요."

군인 세몬은 살림의 일부를 자신의 영지로 옮겨다 놓고 다시 왕의 부대로 떠났다.

배불뚝이 타라스도 돈을 많이 모았고, 상인의 딸과 결혼했다. 그런데 가진 게 여전히 적다 느끼고는 아버지에게 와서 말했다.

"제 몫을 떼 주세요."

노인은 타라스에게도 주고 싶지 않았다.

"너는 우리한테 아무것도 안 가져왔어. 한데 이 집에 있는 건 다 이반이 마련한 거다. 이반이랑 누이를 속상하게 하면 안 되지."

그러자 타라스가 말했다.

"걔한테 필요나 하게요. 바보잖아요. 결혼도 못 해요. 누가 시집오겠어요. 벙어리 누이도 아무것도 필요 없잖아요. 이반, 나한테 곡식의 절반을 줘. 농기구는 안 가져가. 가축 중에서는 잿빛 수말만 가져갈게. 그놈은 밭갈이에도 못 쓰잖아."

그러자 이반이 웃었다.

"뭐, 그렇다면, 내가 가서 굴레를 씌워 놓을게."

이렇게 타라스에게도 살림을 내주었다. 타라스는 도시로 곡식을 가져가고 잿빛 수말도 가져갔다. 이반에게 남은 건 늙은 암말 한 마리였고, 그는 예전처럼 농사를 지으며 아버지와 어머니를 부양했다.

2

늙은 악마는 형제들이 재산을 나누면서 다투지 않고 사이좋게 헤어진 것에 분이 났다. 그래서 새끼 악마 셋을 불렀다.

"자, 보거라. 세 형제가 살고 있다. 군인 세몬, 배불뚝이 타라스, 바보 이반이야. 다들 싸워야 되는데 평화롭게 지내면서 아주 사이가 좋지. 바보가 내 일을 다 망쳐 버렸어. 너희 셋이 가서 그 세 놈을 맡아라. 서로 눈깔을 뽑아 버릴 정도로 난동을 일으켜. 그렇게 할 수 있겠느냐?"

"할 수 있습니다." 새끼 악마들이 대답했다.

"어떻게 할 것인데?"

"이렇게 하겠습니다. 먼저 다들 파산시켜서 먹을 것도 없게 만들고, 그다음엔 서로 한데 모아 놔요. 그럼 치고 박고 싸울 겁니다."

"흠, 괜찮군." 늙은 악마가 말했다. "일을 어떻게 해야 되는지 아는구나. 가보거라. 그 세 놈을 전부 뒤집어 놓기 전엔 기어 들어올 생각도 하지 말고. 내 너희 셋을 껍질을 벗겨 버릴 테니."

새끼 악마들은 늪으로 가서 일을 어떻게 꾸밀지 의논하기 시작했다. 서로 더 쉬운 일을 맡으려고 다투고 다투다가 제비를 뽑아서 누가 무엇을 할지 정하기로 했다. 그리고 남들보다 일찍 일을 마치는 악마가 다른 악마들을 도와주기로 했다. 새끼 악마들은 제비를 뽑은 후 늪에서 다시 만날 날을 정했다. 누가 일을 마쳤는지, 누구를 도와줘야 할지 그때 보기로 했다.

때가 되자 새끼 악마들이 약속대로 늪에 모였다. 일이 어떻게 되었는지 서로 말하기 시작했다. 군인 세묜을 맡은 첫 번째 새끼 악마가 말했다.

"내 일은 잘되고 있어. 세묜이 내일 아버지 집에 갈 거야."

그러자 동료들이 그에게 물었다.

"어떻게 했는데?"

"맨 먼저 한 일은 세묜한테 대단한 용맹성을 심어 줘서 자기가 온 세상을 정복해 오겠노라고 왕한테 약속하게 했어. 왕이 세몬을 사령관으로 임명하고 인도 왕을 잡아 오라고 보냈지. 다들 싸우러 갔어. 근데 내가 그날 밤에 세몬의 군대에 있는 화약을 전부 물에 적셔 놓고, 인도 왕한테 가서는 엄청나게 많은 군인을 짚으로 만들어 놨어. 세몬의 병사들은 짚으로 된 군인들이 사방에서 몰려오는 걸 보고 겁을 먹었어. 세몬이 병사들에게 일제히 사격하라고 명령했는데 대포도 총도 나가질 않는 거야. 세몬의 병사들은 기겁해서 양떼처럼 뿔뿔이 달아났어. 그러자 인도 왕이 그들을 쳤지. 군인 세몬은 망신을 당하고, 영지도 몰수되고, 내일 처형당할 거야. 이제 감옥에 가서 세몬을 풀어주고 집으로 도망치게 하는 것만 남았어. 난 내일이면 다 끝나니까 너희 중에 누굴 도와주면 되는지 말해 봐."

그러자 타라스를 맡은 다른 새끼 악마가 자신이 벌인 일을 이야기했다.

"난 안 도와줘도 돼. 나도 아주 잘되고 있어. 타라스는 일주일 이상 못 버텨. 내가 맨 첨에 한 일은 타라스의 배를 더 크게 키우고 그 속에 시기심을 불어넣은 거야. 시기심이 남의 재산을 탐낼 정도가 돼서 뭔가를 보는 족족 다 사고 싶어 해. 그래서 뭐가 됐든 엄청나게 사들였지, 가진 돈 다 쏠어서. 그런데도 또 사. 이젠 아예 빚까지 내서 사들이기 시작했어. 지금은 빚이 너무 많아서 더 이상 해결이 안 될 정도로 걸려들었어. 일주일 후면 갚아야 되는 날이야. 근데 내가 타라스가 가진 물건들을 전부 퇴비로 만들어 버릴 거야. 그럼 빚도 못 갚고 아버지한테 가는 거지."

두 악마가 이반을 맡은 세 번째 새끼 악마에게 물었다.

"네 일은 어때?"

"그게 말야." 세 번째 악마가 말했다. "나는 잘 안 되고 있어. 맨 첨엔 크바스가 담긴 병에 침을 뱉었어, 배탈 나라고. 그 담엔 경작지에 가서 땅을 돌처럼 굳게 했어, 힘쓰지 못하도록. 난 그놈이 땅을 못 갈 거라고 생각했는데, 아, 그 바보가 쟁기를 가져와서 파내기 시작하는 거야. 배 아파서 끙끙대면서도 계속 땅을 갈아. 그래서 내가 쟁기를 부수어 버렸어. 근데 바보가 집에 가서 다른 쟁기를 가져다가 고쳤어. 나무도 새것을 대서 묶고는 다시 땅을 갈기 시작했어. 내가 땅속에 들어가서 쟁기 날을 붙잡으려고 했는데 아무리 해도 붙잡아 둘 수가 없었어. 쟁기에 매달려도 봤지만 쟁기 날이 날카로워서 손만 온통 벴지. 이반이 밭을 거의 다 갈아서 한쪽 귀퉁이만 남았어. 형제들, 와서 도와줘. 그놈 하나를 당해 내지 못하면 우리 일은 전부 허사가 돼. 바보가 이대로 계속 농사를 지으면 형제들은 부족함을 못 느낄 거야, 바보가 형제들을 먹여 살릴 테니까."

그러자 군인 세몬을 맡은 새끼 악마가 내일 와서 도와주기로 약속했고, 그렇게 새끼 악마들은 헤어졌다.

3

이반이 밭을 전부 갈아서 한 귀퉁이만 남은 상태였다. 그가 밭을 마저 갈려고 왔다. 이반은 배가 아팠지만 땅을 갈아야 했다. 고삐를 후려치고 쟁기를 돌린 다음 땅을 갈기 시작했다. 그런데 땅을 갈기 시작하자마자 쟁기가 뒤로 밀리고 마치 뿌리에 걸린 것처럼 나가질 않았다. 새끼 악마가 다리로 쟁깃술*을 휘감아 붙잡고 있는 것이었다. '신기한 일이네!' 이반이 생각했다. '여기에 뿌리 같은 건 없었는데, 뿌리가 맞아.' 이반이 밭고랑에 손을 넣으니 부드러운 것이 만져졌다. 그는 무언가를 움켜잡아 꺼냈다. 뿌리처럼 까만 것이었는데 그 뿌리에서 뭔가가 꼼지락거렸다. 들여다보니 살아 있는 새끼 악마였다.

"아니, 이런 더러운 것아!"

이반이 악마를 밭머리에 내려치려고 팔을 번쩍 들자 새끼 악마가 빽빽거렸다.

"때리지 마, 원하는 건 뭐든 해줄게."

"뭘 해줄 건데?"

"말만 해, 뭘 원하는지."

이반은 머리를 긁적였다.

---

* 쟁기의 몸 아래로 비스듬히 뻗어 나간 나무.

"내가 배가 아픈데 고칠 수 있어?"

"고칠 수 있어."

"어디 고쳐 봐."

새끼 악마가 밭고랑으로 몸을 숙이고는 발톱으로 뒤적뒤적하더니 세 갈래진 작은 뿌리를 불쑥 꺼내어 이반에게 건넸다.

"이거야. 작은 뿌리 하나를 삼키면 어디가 아프든 다 나아."

이반은 뿌리를 받아 갈라서 하나를 삼켰다. 그러자 곧장 배가 나았다. 새끼 악마가 다시 부탁했다.

"이제 날 놔줘. 땅 속으로 들어가서 다시는 안 나올게."

"뭐, 그렇다면." 이반이 말했다. "하나님이 너와 함께하시길!"*

이반이 하나님을 말하자마자 돌이 물속에 가라앉듯 악마가 땅속으로 잽싸게 사라졌고 구멍만 남았다. 이반은 나머지 두 개의 뿌리를 모자에 찔러 넣고 마저 땅을 갈기 시작했다. 남은 귀퉁이를 다 갈고 쟁기를 뒤집어 놓고는 집으로 왔다. 마구를 풀고 집으로 들어오자 큰형인 군인 세묜이 아내와 함께 저녁을 먹고 있었다. 그는 영지를 몰수당했고, 간신히 감옥에서 빠져나와 아버지 집으로 달려왔다.

세묜이 이반을 보고는 말했다.

"여기서 살려고 왔어. 자리가 새로 날 때까지 나랑 아내를

---

* 잘 가라는 뜻으로 '하나님이 너와/당신과 함께하시길', '하나님과 함께'라는 표현이 헤어지는 인사로 자주 쓰인다.

먹여다오."

"뭐, 그렇다면, 여기서 살아."

이반이 의자에 앉으려 하자 귀족 부인은 이반에게서 나는 냄새가 싫었다. 그녀가 남편에게 말했다.

"안 돼요, 냄새 나는 농부랑은 같이 밥 못 먹어요."

그러자 군인 세묜이 말했다.

"우리 부인이 너한테서 안 좋은 냄새가 난대. 넌 현관에서 먹지 그래."

"뭐, 그렇다면. 어차피 야간 방목하러 갈 때야, 말을 먹여야 돼."

이반은 빵과 외투를 집어 들고 야간 방목을 위해 나왔다.

4

그날 밤 군인 세묜을 맡은 새끼 악마는 일을 마치고 약속대로 이반의 악마를 찾아왔다. 그를 도와 바보를 골탕 먹이려고 말이다. 경작지에 와서 찾고 또 찾았지만 온데간데없었고, 구멍만 발견했다. '이런.' 악마가 생각했다. '보아하니 동료한테 안 좋은 일이 생겼어. 내가 대신 맡아야겠군. 경작지는 다 갈려 있으니까, 목초지에서 바보를 골탕 먹여야지.'

새끼 악마는 초원으로 와서 이반의 목초지에 물이 차오르고 온통 진흙으로 뒤덮이게 했다. 새벽녘에 야간 방목에서 돌아온 이반은 벌낫*을 두드려 날카롭게 한 다음 초원으로 풀을 베러 갔다. 초원에 도착한 이반이 풀을 베기 시작했다. 그런데 한 번 휘두르고, 또 한 번 휘두르자 벌낫이 무뎌져서 베어지지 않았다. 낫을 갈아야만 했다. 이반은 애를 쓰며 풀을 벴다.

"아냐." 그가 말했다. "집에 가서 낫을 두드릴 망치랑 빵도 큰 걸로 가져와야겠어. 일주일을 씨름하더라도 다 베기 전엔 못 가."

그 말을 들은 새끼 악마는 생각에 잠겼다.

'이 바보가 진짜 꿋꿋하네, 쓰러뜨리지 못하겠어. 다른 일을 벌여야겠군.'

이반이 돌아와서 벌낫을 두드려 날을 날카롭게 하고는 풀을 베기 시작했다. 새끼 악마는 수풀에 들어가 낫공치**를 붙잡고 낫의 앞부리가 자꾸만 땅에 박히게 했다. 이반은 힘이 들었지만 풀밭을 다 벴고, 늪에 묻힌 작은 땅만 남았다. 새끼 악마가 늪에 들어가 생각했다.

'내 손발이 잘려 나가는 한이 있더라도 여길 못 베게 하겠어.'

---

* 자루가 아주 긴 낫으로 무성한 풀이나 갈대 따위를 사람이 선 채로 휘둘러 벤다.
** 낫의 슴베가 휘어 넘어가는 덜미의 두꺼운 부분.

이반이 늪에 들어와 보니 풀은 무성하지 않은데 벌낫이 나가질 않았다. 이반은 화가 나서 있는 힘껏 휘두르기 시작했다. 그러자 새끼 악마는 기운이 빠져서 더 이상 낫이 튕기도록 할 수 없었다. 일이 안 좋게 돌아가는 걸 본 악마는 관목 속에 숨었다. 이반은 벌낫을 휘두르며 관목 쪽으로 한 발짝 내딛었고 새끼 악마의 꼬리를 반 토막 내버렸다. 이반은 풀베기를 마친 후 누이에게 긁어 모으라 하고는 자신은 호밀을 베러 갔다.

그가 자그마한 낫을 가져왔는데 꼬리 잘린 새끼 악마가 벌써 그곳에 와서 낫이 안 들도록 호밀을 뒤엉켜 놓았다. 이반은 되돌아가서 좀더 큰 낫을 가져와 다시 베기 시작했고, 호밀을 전부 거두었다.

"자, 이젠," 그가 말했다. "귀리를 베야지."

꼬리 잘린 새끼 악마가 생각했다. '호밀밭에서 골탕 먹이지 못했으니 귀리밭에서 골탕 먹여야지. 어디 아침에 두고 보자고.' 그런데 새끼 악마가 아침에 귀리밭에 와 보니 벌써 귀리가 다 베어져 있었다. 땅에 조금이라도 덜 떨어지도록 이반이 밤새 벤 것이다. 새끼 악마는 화가 났다.

"꼬리도 동강 내더니, 이 바보가 날 진짜 못살게 구네. 전쟁통에도 이런 난리는 없었어! 빌어먹을 놈이 잠도 안 자고, 쫓아갈 새가 없잖아! 그렇다면 밀 낟가리로 가서 다 썩게 만들테다."

새끼 악마는 밀 낟가리에 와서 밀단 사이로 기어 들어간 다음 썩히기 시작했다. 밀단을 따뜻하게 데우자 자기 몸도 뜨끈해져서 잠이 들어 버렸다.

이반은 밀단을 실어오려고 말에 마구를 채운 후 누이와 함께 나섰다. 낟가리에 도착하자 밀단을 달구지에 던지기 시작했다. 밀단 두 개를 싣고 세 번째 단을 찔렀는데 새끼 악마의 엉덩이에 딱 꽂혀버렸다. 쇠스랑을 들어 보니 살아 있는 새끼 악마가, 그것도 꼬리가 잘린 것이 몸을 바둥거렸다 옴츠렸다 하면서 벗어나려고 애를 썼다.

"아니, 이런 더러운 것아!" 이반이 말했다. "또 너냐?"

"난 다른 애야." 악마가 말했다. "걔는 내 형제였고, 난 네 형 세묜한테 있었어."

"흠, 네가 어떤 놈이든 똑같이 해주마!" 이반이 그를 밭이랑에 내려치려 하자 새끼 악마가 애원하기 시작했다.

"놔줘, 이젠 안 그럴게, 네가 원하는 걸 해줄게."

"넌 뭘 할 수 있는데?"

"나는 뭐든지 병사로 만들 수 있어."

"병사를 어디다 써?"

"쓰고 싶은데 쓸 수 있지, 병사들은 뭐든 다 할 수 있어."

"노래도 할 수 있어?"

"할 수 있지."

"어디 그럼 해봐."

그러자 악마가 말했다.

"저 밀단을 가져다가 땅에 세우고 흔들면서 이렇게 말해. '내 하인이 명하노라, 단에서 병사가 되어라, 지푸라기만큼 되어라.'"

이반은 밀단을 가져다 땅에 대고 흔들며 악마가 시킨 대로 말했다. 그러자 단이 툭 헤쳐지더니 병사들로 변했고, 앞에서는 북재비와 나팔수가 연주를 했다. 이반은 웃음이 터졌다.

"이런, 정말 쉽잖아! 이거 좋네, 아낙들을 즐겁게 해줄 수 있겠어."

"그럼, 이제 날 놔줘."

"안 돼," 이반이 말했다. "단을 털어야 돼, 밀을 괜히 버리게 되잖아. 다시 단으로 되돌리는 방법도 가르쳐 줘. 탈곡해야 되니까."

새끼 악마가 말했다.

"이렇게 말해. '병사만큼 지푸라기로! 내 하인이 명하노라, 다시 단이 되어라!'"

이반이 그렇게 말했더니 다시 밀단이 되었다.

그러자 새끼 악마가 또다시 애원했다.

"이제 놔줘."

"뭐, 그렇다면!"

이반은 쇠스랑을 이랑에 놓고 손으로 악마를 잡아서 쇠스랑에서 빼냈다.

"하나님이 함께하시길." 이반이 하나님을 말하자마자 돌이 물속에 가라앉듯 악마가 땅속으로 잽싸게 사라졌고 구멍만 남았다.

이반이 집으로 돌아오자 집에는 다른 형인 타라스가 아내와 함께 저녁을 먹고 있었다. 배불뚝이 타라스는 빚을 청산하지 못하고 아버지에게로 도망쳐 왔다. 그가 이반을 봤다.

"저기, 이반," 그가 말했다. "내가 장사가 좀 될 때까지 나랑 아내를 먹여다오."

"뭐, 그렇다면," 이반이 말했다. "여기서 살아."

이반이 외투를 벗고 식탁에 앉았다.

그러자 상인의 아내가 말했다.

"바보랑은 같이 못 먹겠어요, 땀 냄새가 고약해요."

배불뚝이 타라스가 말했다.

"너한테서 안 좋은 냄새가 나. 가서 현관에서 먹어."

"뭐, 그렇다면." 이반이 말했다.

그는 빵을 들고 마당으로 나갔다.

"어차피 야간 방목하러 갈 때야, 말을 먹여야 돼."

5

그날 밤 타라스를 맡은 새끼 악마는 일을 마치고 약속대로 동료들을 도와 바보 이반을 괴롭히러 왔다. 경작지에 와서 동료들을 찾고 또 찾았지만 아무도 없었고, 구멍만 발견했다. 초원으로 온 그는 늪에서 꼬리를 발견하고 추수한 호밀밭에서는 또 다른 구멍을 발견했다. '이런,' 악마가 생각했다. '보아하니 동료들에게 안 좋은 일이 생겼어, 내가 대신 바보를 맡아야겠군.'

새끼 악마는 이반을 찾으러 갔다. 그런데 이반은 벌써 추수를 마치고 숲에서 나무를 베고 있었다.

형제들이 같이 살기에 비좁으니 나무를 베어다가 새 집을 지어달라고 시켰다.

새끼 악마는 숲으로 와서 나뭇가지에 올라가 이반이 나무를 베어 넘기는 걸 방해하기 시작했다. 빈 곳에 쓰러지도록 이반이 제대로 베어도 나무는 애먼 방향으로 기울었고, 쓰러지면 안 되는 곳에 쓰러져서 다른 나무들 사이에 걸려 버렸다. 이반은 지렛대로 쓸 나무를 잘라다가 가지에 걸린 나무를 돌려서 가까스로 땅에 쓰러뜨렸다. 이반이 다른 나무를 베자 또 똑같이 됐다. 이반은 50그루 정도는 벨 수 있을 거라 생각했지만 열 그루도 채 못 베었고, 벌써 밤이 되어 버렸다. 이반은 몹시 지쳤다. 몸에서 김이 피어올라 마치 숲에 안개가 낀 듯했지만, 그는 여전히 손을 놓지 않았다. 또 한 그루를 베고 나자 등이 빠개질 듯 아파서 아무것도 할 수 없었다. 그는 도끼를 나무에 찍어 두고 잠시 쉬려고 앉았다. 이반이 조용해지자 새끼 악마는 매우 기뻤다. '흠, 힘이 다 빠지니 그만두네. 나도 좀 쉬어야겠다.' 새끼 악마는 기분 좋게 나뭇가지에 걸터 앉았다. 그런데 이반이 일어나 도끼를 빼어 다른 쪽에서 재빨리 휘둘렀고, 나무가 단번에 꺾이더니 쿵 하고 쓰러졌다. 새끼 악마는 눈치채지 못했고, 미처 발을 치울 새도 없이 꺾인 가지에 발이 끼어 버렸다. 이반이 가지를 치며 보니 살아 있는 새끼 악마가 있었다. 이반은 깜짝 놀랐다.

"아니, 이런 더러운 것아!" 이반이 말했다. "또 너냐?"

"난 다른 애야." 악마가 말했다. "난 네 형 타라스한테 있었어."

"흠, 네가 어떤 놈이든 똑같이 해주마!"

이반은 도끼뿔*로 악마를 내려치려고 도끼를 번쩍 들었다. 그러자 새끼 악마가 빌었다.

"때리지 마. 네가 원하는 대로 해줄게."

"넌 뭘 할 수 있는데?"

"나는 원하는 만큼 돈을 만들 수 있어."

"뭐, 그렇다면, 만들어 봐!"

그러자 새끼 악마가 그에게 가르쳐 줬다.

"저 참나무 이파리들을 가져다가 손으로 문질러. 그럼 땅에 금화가 쏟아질 거야."

* 도끼날 반대의 뭉툭한 곳.

이반이 이파리들을 가져다 문지르자 금화가 쏟아졌다.

"이거 좋군," 이반이 말했다. "잔치가 열릴 때 애들이랑 이걸로 놀아야지."

"그만 놔줘." 새끼 악마가 말했다.

"뭐, 그렇다면!" 이반은 지렛대를 가져다가 악마를 꺼내 주었다. "하나님이 너와 함께하시길!" 이반이 하나님을 말하자마자 돌이 물속에 가라앉듯 새끼 악마가 땅속으로 잽싸게 사라졌고 구멍만 남았다.

6

형제들은 집을 짓고 각자 따로따로 살기 시작했다. 이반은 추수를 마치고 맥주를 담가서 같이 놀자며 형들을 불렀다. 형들은 이반의 집에 오지 않았다.

"우린," 형들이 말했다. "농부들의 잔치판은 본 적도 없어."

이반은 농부들과 아낙들을 대접했고, 자신도 마시고 취해서는 호로보드*를 추러 밖으로 나갔다. 호로보드에 온 이반은 아낙들에게 자신의 이름을 넣어 노래를 불러 달라고 했다.

"나는," 이반이 말했다. "당신들이 생전 못 본 걸 줄 수 있어

* 여럿이 손을 잡고 원을 그리며, 노래를 부르며 추는 민속춤.

요."

아낙들이 웃고는 그의 이름을 넣어 노래를 부르기 시작했다. 노래를 다 부르고 나서 그들이 말했다.

"어디 줘 봐."

"잠깐만요, 가져올게요." 이반은 파종할 때 쓰는 바구니를 집어 들고 숲으로 달려갔다. 아낙들이 웃었다. "저런 바보!" 그리고 그에 대해 잊어버렸다. 그런데 보니 이반이 다시 달려오는데 바구니에 뭔가 한가득 담겨 있었다.

"나눠 줄까요, 어쩔까요?"

"나눠 줘."

이반은 금화 한 줌을 집어서 아낙들에게 던졌다. 맙소사! 아낙들이 주우러 달려들었고, 농부들도 뛰어와 서로 잡아채며 빼앗았다. 하마터면 한 노파가 깔려 죽을 뻔했다. 이반은 깔깔 웃었다.

"에이, 이런 바보들," 그가 말했다. "할멈을 깔아뭉개면 어째요. 슬슬 해요, 또 줄 테니." 그는 다시 금화를 뿌렸다. 사람들이 달려들었고 이반은 바구니에 든 걸 전부 뿌렸다. 사람들이 더 달라고 했다. 그러자 이반이 말했다.

"그게 다예요. 다음에 또 줄게요. 이젠 춤을 추자구요, 노래도 불러 봐요."

아낙들이 노래를 부르기 시작했다.

"당신들 노래는 별로 안 좋아요." 이반이 말했다.

"그럼 어떤 노래가 좋은데?"

"내가 곧 보여 줄게요."

이반은 탈곡장에 가서 밀단을 하나 가져다가 툭툭 털고는 땅에 세워서 흔들며 말했다.

"하인아, 단으로 병사를 만들어라. 지푸라기만큼 만들어라."

그러자 단이 툭 헤쳐지더니 병사들이 되었고, 북이 울리고 나팔이 울리기 시작했다. 이반은 병사들에게 노래를 시키고 그들과 함께 거리 밖으로 나왔다. 사람들은 깜짝 놀랐다. 병사들이 노래를 마치자 이반은 아무도 따라오지 못하게 하고는 병사들을 다시 탈곡장으로 데려왔다. 그리고 그들을 다시 밀단으로 만들어 낟가리에 던졌다. 집에 돌아온 이반은 자려고 곳간에 누웠다.

<h2 style="text-align:center">7</h2>

다음 날 아침, 어제 일을 알게 된 큰형 군인 세묜이 이반의 집에 왔다.

"좀 알려줘 봐," 그가 말했다. "병사들을 어디서 데려와서 어디로 데려간 거야?"

"그건 알아서 뭐 하게?"

"뭐 하다니? 병사들이 있으면 뭐든 할 수 있어. 왕국을 손에 넣을 수도 있다구."

이반은 깜짝 놀랐다.

"그래? 왜 진작 말 안 했어? 형이 원하는 만큼 만들어 줄게. 누이랑 곡물을 많이 털어 놔서 다행이야."

이반은 형을 탈곡장으로 데려가서 말했다.

"잘 봐. 내가 병사들을 만들 테니까 형이 멀리 데리고 가. 병사들도 먹어야 되는데 여기 있다간 하루 만에 마을을 삼킬 거야."

세묜이 병사들을 데리고 떠나겠다고 약속하자 이반이 만들기 시작했다. 짚단을 탈곡장 바닥에 툭툭 치니 한 중대가 생기고, 또 툭툭 치니 또 한 중대가 생기고, 이렇게 해서 들판 전체를 메울 정도가 됐다.

"어때, 충분해?"

세묜이 기뻐하며 말했다.

"충분해. 고맙다, 이반."

"그래, 더 필요하면 또 와. 더 만들어 줄게. 올해는 짚이 아주 많아."

군인 세묜은 곧장 병사들을 지휘하기 시작했고, 대열에 맞춰 모이게 하고는 싸우러 갔다.

군인 세묜이 떠나자마자 배불뚝이 타라스가 왔다. 그 역시 어제 일을 전해 듣고는 동생에게 부탁하기 시작했다.

"좀 알려줘 봐, 어디서 금화를 가져온 거야? 나한테 그만한 여윳돈이 있었다면 그 돈으로 세상에 있는 돈이란 돈은 죄다 쓸어 담았을 거야."

이반은 깜짝 놀랐다.

"그래? 진작 말하지 그랬어. 형이 원하는 만큼 만들어 줄게."

형이 기뻐했다.

"세 바구니 정도만 줘."

"뭐, 그렇다면, 숲으로 가자구. 말에 마구를 채워, 그냥은 못 들고 갈 테니까."

그들은 숲에 왔고, 이반이 참나무 이파리들을 문지르기 시작했다. 커다란 금화 더미가 만들어졌다.

"어때, 충분해?"

타라스가 기뻐했다.

"지금은 충분해. 고맙다, 이반."

"그래, 더 필요하면 또 와, 더 만들어 줄게. 이파리도 많이 남아 있으니까."

배불뚝이 타라스는 달구지 가득 돈을 싣고 장사를 하러 떠났다.

두 형이 떠났다. 세몬은 전투를 벌이기 시작하고, 타라스는 장사를 하기 시작했다. 군인 세몬은 그렇게 자신의 왕국을 만들었고, 배불뚝이 타라스는 장사로 엄청난 돈을 벌어들였다.

두 형제가 만나 서로에게 비밀을 털어놨다. 세몬은 어디서 병사들이 났는지, 타라스는 어디서 돈이 났는지.

군인 세몬이 동생에게 말했다.

"나는 왕국을 얻어서 잘 살고 있어. 다만 병사들을 먹일 돈이 부족해."

배불뚝이 타라스가 말했다.

"나는 커다란 언덕을 이룰 정도로 돈을 모았어. 한 가지 불행한 건 돈을 지킬 사람이 없다는 거야."

그러자 군인 세몬이 말했다.

"이반한테 가자. 내가 병사들을 더 만들어 달라고 해서 그 병사들을 너한테 줄 테니까 돈을 지켜. 그리고 너는 돈을 더 만들어 달라고 해, 그걸로 내 병사들을 먹이게."

그래서 그들은 이반에게 갔다. 이반에게 와서 세몬이 말했다.

"동생아, 병사들이 부족하니 조금만 더 만들어 줘, 두 단 정도만."

이반이 고개를 저으며 말했다. "이제 그냥은 병사를 안 만들 거야."

"아니, 왜?" 세몬이 말했다. "약속했었잖아."

"약속했었지, 그래도 더는 안 할래."

"이 바보가, 대체 왜 안 한다는 거야?"

"형의 병사들이 사람을 죽였어. 얼마 전에 길옆에서 땅을 갈고 있었는데 아낙이 관을 싣고 가면서 통곡하더라구. 내가

'누가 죽었어요?'라고 물어보니까 아낙이 '세묜의 병사들이 전쟁터에서 남편을 죽였어'라고 하잖아. 난 병사들이 노래를 부를 줄 알았는데 사람을 죽이잖아. 더는 안 줘."

그렇게 이반은 고집을 부리며 더 이상 병사를 만들지 않았다.

그러자 타라스가 바보 이반에게 금화를 더 만들어 달라고 부탁하기 시작했다.

이반은 고개를 저었다.

"이제 그냥은 안 문질러."

"아니, 왜? 약속했었잖아."

"약속했었지. 그래도 더는 안 할래."

"이 바보가, 대체 왜 안 한다는 거야?"

"형의 금화가 미하일로브나 아줌마네 암소를 빼앗아갔어."

"빼앗다니, 어떻게?"

"이렇게 빼앗았어. 미하일로브나 아줌마한테 암소가 있어서 아이들이 우유를 먹었었지. 근데 얼마 전에 애들이 나한테 와서 우유를 달라고 부탁하는 거야. 내가 '너네 소는 어딨는데?' 하니까 '배불뚝이 타라스의 관리자가 왔었는데, 엄마한테 금붙이 세 개를 주니까 엄마가 소를 줘버렸어요. 그래서 이젠 마실 게 없어요.' 하더라구. 난 형이 금붙이로 놀이를 할 줄 알았는데 형은 애들한테서 소를 빼앗았어. 더는 안 줘!"

바보는 고집을 부리며 더 주지 않았다. 그렇게 형들은 떠났다.

떠나온 형들은 어떻게 하면 자신들의 불행을 해결할 수 있을지 궁리했다. 세몬이 말했다.

"이렇게 하자. 너는 나한테 병사들을 먹일 돈을 줘. 나는 너한테 병사를 포함해서 왕국의 절반을 줄게. 그걸로 네 돈을 지켜."

타라스가 동의했다. 형제들은 가진 걸 나누었고, 둘 다 왕이 되고 둘 다 부유해졌다.

8

이반은 집에서 아버지와 어머니를 부양하며 살았고, 벙어리 누이와 들에서 일했다.

한번은 이런 일이 있었다. 이반의 늙은 마당 개가 병에 걸리고 옴이 옮아서 죽어갔다. 이반은 개가 불쌍해서 벙어리 누이에게서 빵을 가져다 모자에 담아 와서 개한테 던져 줬다. 그런데 모자가 찢어져 있어서 빵과 함께 뿌리 하나가 떨어졌다. 늙은 개가 빵과 뿌리를 함께 삼켰다. 그리고 뿌리를 삼키자마자 벌떡 일어나더니 뛰어놀고, 짖고, 꼬리를 흔들고, 건강해졌다.

이를 본 아버지 어머니는 깜짝 놀랐다.

"애야, 걔를 뭘로 고친 거냐?"

그러자 이반이 말했다.

"나한테 뿌리 두 개가 있었어요. 어떤 병이든 고칠 수 있는 거. 근데 걔가 하나를 삼켰네요."

그런데 그 무렵에 왕의 딸이 병에 걸려서 왕이 모든 도시와 마을에 고하길, 딸을 낫게 하는 자에게 상을 내릴 것이고, 혼인하지 않은 자라면 딸을 신부로 주겠다고 했다. 이 소식이 이반이 사는 마을에도 전해졌다.

아버지 어머니가 이반을 불러 말했다.

"왕이 뭐라고 했는지 너도 들었지? 너한테 뿌리가 있다고 했었잖아. 가서 왕의 딸을 낫게 해줘. 그럼 평생 행복할 거다."

"뭐, 그렇다면." 이반이 말했다.

이반은 떠날 채비를 했다. 옷을 차려 입은 이반이 현관에 나와 보니 손이 굽은 거지가 서 있었다.

"듣자하니," 거지가 말했다. "네가 병을 고칠 수 있다면서? 내 손을 좀 고쳐 줘. 난 혼자서 신발도 못 신어."

"뭐, 그렇다면!" 이반이 말했다.

이반은 뿌리를 꺼내 거지에게 주고는 삼키라고 했다. 거지가 그것을 삼키자 곧장 나아서 손을 흔들기 시작했다. 아버지 어머니가 왕에게 가려는 이반을 배웅하러 나왔다가 이반이 마지막 남은 뿌리를 줘버려서 왕의 딸을 고칠 수 없게 된 걸 알고는 그를 야단치기 시작했다.

"거지는 불쌍하고 왕의 딸은 불쌍하지도 않아?"

이반은 왕의 딸도 불쌍해졌다. 그는 말에 마구를 채우고 함에 짚을 던져 넣고는 출발하려고 했다.

"아니, 어딜 가려고. 바보야?"

"왕의 딸을 고쳐야죠."

"고쳐 줄 뿌리가 없잖아?"

"뭐, 그렇다면." 그러고는 말을 몰아 출발했다.

이반이 왕궁에 도착해서 현관에 발을 내딛자마자 왕의 딸이 병에서 나았다.

왕은 매우 기뻐서 이반을 데려오라고 지시했고, 옷을 주어 단장시켰다.

"내 사위가 되어라." 왕이 말했다.

"뭐, 그렇다면."

이반은 왕녀와 혼인했다. 그런데 머지않아 왕이 죽었다. 그래서 이반이 왕이 되었다. 이렇게 세 형제 모두 왕이 되었다.

9

세 형제는 나라를 다스리며 살았다.

큰형 군인 세몬은 잘 살았다. 그는 짚으로 된 병사들 외에도 진짜 병사들을 모집했다. 그가 온 나라에 명을 내리길, 열

가구당 한 명을 병사로 내보내되 그 병사는 키가 크고 몸이 하얗고 얼굴이 깨끗해야 된다고 했다. 그는 그런 병사들을 많이 징집해서 가르쳤다. 그리고 누가 어떤 일에든 자신을 거역하면 곧장 이 병사들을 보내어 마음 내키는 대로 했다. 그래서 모두가 그를 두려워하게 됐다.

생활도 풍족했다. 그가 무언가를 계획하거나 눈길을 보내기만 하면 자신의 것이 되었다. 필요한 거라면 병사들을 보내 물건이든 사람이든 가축이든 전부 빼앗아 왔다.

배불뚝이 타라스도 잘 살았다. 그는 이반에게서 가져온 돈을 낭비하지 않고 크게 불렸다. 자신의 왕국에 제도도 잘 갖추었다. 돈은 금고에 보관했고 백성들에게서 돈을 거둬들였다. 사람에도, 보드카에도, 맥주에도, 혼인식에도, 장례식에도, 통행로에도, 마차에도, 짚신에도, 버선에도, 짚신 끈에도 돈을 매겨서 거두었다. 뭐든 생각만 하면 그의 것이 되었다. 사람들은 돈을 구하러 그에게 뭐든지 가져오고 일하러 오기도 했다. 모두가 돈이 필요했기 때문이다.

바보 이반도 나쁘지 않게 살았다. 장인의 장례식이 끝나자마자 그는 왕복을 벗어 아내에게 주며 함에 넣어 놓으라고 했다. 그리고 다시 대마로 된 윗옷과 바지를 입고 짚신을 신고 일하기 시작했다.

"심심해," 그가 말했다. "배도 나오기 시작하고, 입맛도 없고 잠도 안 와."

그는 아버지 어머니와 벙어리 누이를 데려오고는 다시 일하기 시작했다.

사람들이 그에게 말했다.

"당신은 왕이십니다!"

"뭐, 그렇죠. 왕도 먹어야 되니까요."

그에게 장관이 와서 말했다.

"봉급을 줄 돈이 없습니다."

"뭐, 그렇다면, 없으면 주지 말아요."

"그럼 사람들이 궁에서 일을 안 할 겁니다."

"뭐, 그렇다면, 하지 말라고 해요. 더 자유롭게 일할 거예요. 거름을 실어 가라 하세요. 거름을 너무 많이 들여왔어요."

사람들이 이반에게 재판하러 왔다. 한 사람이 말했다.

"저 사람이 제 돈을 훔쳤습니다."

그런데 이반은 말했다.

"뭐, 그렇다면, 필요했나 보죠!"

모두가 이반이 바보라는 걸 알게 됐다. 아내가 그에게 말했다.

"사람들이 당신더러 바보라고 해요."

"뭐, 그렇다면."

이반의 아내는 생각하고 또 생각했지만, 그녀 역시 바보였다.

"어쩌겠어, 남편을 거스를 순 없잖아? 바늘 가는 곳에 실이 가니까."

바보 이반과 그의 두 형제 이야기

그녀도 왕복을 벗어 함 속에 넣어 두고는 벙어리 누이에게 일을 배우러 갔다. 일하는 법을 배워 남편을 돕기 시작했다.

이반의 왕국에서 똑똑한 사람들은 전부 떠나고 바보들만 남았다. 돈은 그 누구에게도 없었다. 모두가 일하고, 스스로 먹고살고, 착한 사람들을 먹였다.

10

늙은 악마는 새끼 악마들이 세 형제를 어떻게 파산시켰는지 소식을 기다리고 기다렸지만 아무 소식이 없었다. 그는 직접 알아보러 나섰다. 그런데 새끼 악마들을 아무리 찾아봐도 찾지 못하고 오로지 구멍 세 개만 발견했다. '이런, 당해 내지 못한 것 같군, 내가 직접 하는 수밖에.'

악마는 형제들을 찾으러 갔으나 예전에 살던 곳엔 이미 없었다. 그리고 각기 다른 왕국에서 그들을 찾아냈다. 셋 모두 왕국을 다스리며 살고 있었다. 늙은 악마는 분해졌다.

"내가 직접 나서야겠어."

그는 먼저 세몬 왕에게 갔다. 자신의 모습 그대로 간 게 아니라 군 사령관으로 변장해서 세몬 왕 앞에 나타났다.

"세몬 왕이시여, 당신은 큰 용사라고 들었습니다. 저는 이 일에 통달한 사람이니 당신을 섬기고 싶습니다."

세몬 왕은 그에게 이런저런 질문을 했고 똑똑한 사람이란 걸 보고는 군에 들였다.

새 사령관은 어떻게 하면 강력한 군대를 만들 수 있는지 가르치기 시작했다.

"맨 먼저 할 일은 더 많은 병사를 모집하는 겁니다. 당신의 나라에는 할 일 없이 노는 사람들이 많아요. 젊은이들을 가리지 말고 전부 징집해야 됩니다. 그러면 예전보다 다섯 배나 큰 군대가 될 겁니다. 두 번째로 할 일은 새로운 총과 대포를 만드는 겁니다. 제가 한 번에 백 발이 발사돼서 콩알처럼 쏟아붓는 그런 총을 당신에게 만들어 드리겠습니다. 그리고 대포는 뭐든 불태워 버리는 그런 대포를 만들 겁니다. 사람이든, 말이든, 성벽이든 전부 불태워 버리지요."

세몬 왕은 새 사령관의 말대로 젊은이들을 전부 병사로 징집하라는 지시를 내리고 공장도 새로 지었다. 그리고 새 총과 대포를 만들어서 곧장 이웃 왕과 전쟁을 벌이러 갔다. 이웃 왕국의 군대와 맞닥뜨리자 세몬 왕은 자신의 병사들에게 총과 대포를 발사하라고 명령했다. 그러자 단번에 군대의 절반이 부상을 입고 불타 버렸다. 이웃 왕은 겁에 질려 항복하고 자신의 왕국을 내주었다. 세몬 왕은 아주 기뻤다.

"이젠 인도의 왕을 정복할 테다."

그런데 인도 왕은 세몬 왕에 대해 듣고서는 그가 고안한 모든 것을 따라 하고, 거기에 자신만의 방법까지 생각해 냈다. 인도 왕은 젊은이만 군대에 징집한 게 아니라 혼인하지 않은 아낙들까지 징집했고 세몬 왕보다 더 큰 군대를 갖추었다. 또 총과 대포도 세몬 왕의 것을 그대로 따라 했고, 게다가 공중으로 날아올라 위에서 폭탄을 던지는 방법까지 생각해 냈다.

세몬 왕은 인도의 왕과 전쟁을 하러 갔다. 예전처럼 정복할 수 있을 거라 생각했지만 예리한 낫도 언제까지나 잘 드는 건 아니었다.

인도 왕은 세몬의 군대가 사정거리까지 오지 못하게 하고, 아낙들을 보내 세몬의 군대 위로 폭탄을 던지게 했다. 아낙들이 바퀴벌레에 붕사를 뿌리듯 위에서 세몬의 군대에 폭탄을 내던지기 시작하자 세몬의 군대는 뿔뿔이 흩어졌고 세몬 왕은 혼자 남았다. 인도의 왕이 세몬의 왕국을 차지하자 군인 세몬은 정처 없이 달아났다.

늙은 악마는 맏형을 처리하고 타라스 왕에게 갔다. 그는 상인으로 변장해서 타라스의 왕국에 자리를 잡고 장사를 시작해서 돈을 풀기 시작했다. 상인이 온갖 물건에 비싼 값을 치르자 사람들은 돈을 얻으려고 전부 상인에게 몰려왔다. 백성들은 돈을 아주 많이 갖게 됐고 체납금을 전부 지불하고 세금도 기한 내에 내기 시작했다.

타라스 왕은 기뻤다. '상인에게 고맙군, 이제 내 돈이 더 불어나고 생활도 더 나아질 거야.' 타라스 왕은 새로운 계획을 꾸미고 궁궐을 새로 짓기 시작했다. 그리고 백성에게 목재와 돌을 가져와서 일하도록 명하고는 모든 것에 높은 가격을 매겼다. 타라스 왕은 사람들이 예전처럼 돈을 구하기 위해 몰려와 일할 거라고 생각했다. 그런데 보니 목재와 돌을 전부 상인에게 가져가고, 일꾼들도 전부 상인에게 몰려가는 것이었다. 타라스 왕이 가격을 올렸지만 상인은 그보다 더 올렸다. 타라스 왕은 돈이 많았지만 상인은 그보다 더 많아서 왕의 가격을 망쳐 놓았다. 궁궐은 더 이상 지을 수 없었다. 타라스 왕은 정원을 꾸미기로 계획했다. 가을이 왔다. 그가 백성들에게 와서 정원을 만들라고 했지만 아무도 오지 않았고, 사람들은 전부 상인의 연못을 팠다. 겨울이 왔다. 타라스 왕은 흑담비 모피를 사서 새 슈바를 만들고 싶었다. 사람을 보내 사오라고 했지만 심부름꾼이 말했다.

"흑담비가 없습니다. 모피가 전부 상인한테 있어요. 그가 값을 더 비싸게 쳐서 사들이고는 흑담비로 양탄자를 만들었습니다."

타라스 왕은 수말 몇 마리를 사야 했다. 사람들을 보내 사오라고 했지만 심부름꾼들이 돌아와서 말하길, 좋은 수말들은 다 상인에게 있고 말들이 연못에 댈 물을 나르고 있다고 했다. 왕궁의 모든 일이 멈춰 버렸다. 왕을 위해서는 아무 일도 하지 않고 모두가 상인을 위해 일했으며, 왕에게는 상인에게서 받은 돈으로 세금만 냈다.

왕은 더 이상 둘 곳이 없을 정도로 돈이 쌓였지만 형편은 나빠졌다. 계획을 꾸미는 일은 진작 그만두었고, 어떻게든 생활을 해야 했지만 그마저 불가능했다. 모든 게 빈궁해졌다. 요리사들도, 마부들도, 하인들도 그를 떠나 상인에게 가기 시작했다. 이젠 먹을거리를 구할 수도 없었다. 시장에 무언가를 사러 보내도 아무것도 없었다. 상인이 죄다 사들여 버렸고, 사람들은 세금 낼 돈만 왕에게 가져왔다.

타라스 왕은 화가 나서 상인을 국경 밖으로 쫓아냈다. 그런데 상인은 국경 바로 옆에 자리를 잡고서 여전히 같은 일을 벌였고, 사람들은 여전히 상인의 돈을 보고 왕이 아닌 상인에게 모든 걸 가져갔다. 왕은 완전히 어려워져서 여러 날을 먹지 못했다. 게다가 상인이 자화자찬하며 왕의 아내까지 사려 한다는 소문이 돌았다. 타라스 왕은 잔뜩 겁이 나서 어찌 해야 할지 몰랐다.

이때 군인 세묜이 그를 찾아와 말했다.

"나 좀 살려다오. 인도 왕한테 정복당했어."

하지만 타라스 왕 자신도 뱃가죽이 등에 붙을 지경이었다.

"나도 이틀을 굶었는걸."

11

늙은 악마는 두 형제를 처리하고 이반에게 갔다. 악마는 사령관으로 변장한 후 이반에게 와서 군대를 만들어야 된다며 설득하기 시작했다.

"왕이 군대도 없이 살다니 가당치 않습니다. 제게 명령만 하시면 백성 중에서 병사를 모아 군대를 만들겠습니다."

이반이 그의 말을 다 듣더니 말했다.

"뭐, 그렇다면, 만들어요. 근데 노래를 좀더 능숙하게 부르도록 가르치세요. 난 그런 걸 좋아하니까."

늙은 악마는 이반의 왕국을 돌며 지원병을 모으기 시작했다. 각 사람에게 보드카 한 병과 빨간 모자가 주어질 것이니 모두 머리를 깎으러 가라고 했다.

바보들이 웃으며 말했다.

"술은 우리한테도 얼마든지 있다오. 직접 빚으니까. 모자는 아낙들이 어떤 거든 만들어 주지, 알록달록한 것도 만들 수 있고 앙고라염소 털을 넣기도 하고."

그래서 아무도 지원하지 않았다. 늙은 악마가 이반에게 왔다.

"당신의 바보들이 지원을 하지 않습니다. 강제로 끌어모아야 합니다."

"뭐, 그렇다면, 강제로 끌어모아요."

그러자 늙은 악마는 모든 바보들은 병사로 등록을 해야 하며, 하지 않는 자는 이반이 사형에 처할 거라고 알렸다.

바보들이 사령관에게 와서 말했다.

"당신이 말하길, 병사가 안 되면 왕이 우릴 죽일 거라고 했는데, 병사가 되면 어떻게 되는지는 안 알려 줬어요. 병사들도 죽게 된다던데."

"맞소. 어쩔 수 없는 일이지."

이 말을 들은 바보들은 고집을 부렸다.

"우린 안 갈 거요. 집에 있을 테니 죽이라고 해요. 어차피 피할 수 없는 거라면."

"당신들은 바보야, 바보!" 늙은 악마가 말했다. "병사가 되면 죽을 수도 있고 안 죽을 수도 있지만, 되지 않으면 이반 왕이 반드시 죽일 거니까."

바보들은 생각해 보다가 바보 이반 왕에게 와서 물었다.

"사령관이 나타나서 우리한테 다 병사가 되라고 해요. '병사가 되면 죽을 수도 있고 안 죽을 수도 있지만, 안 되면 이반 왕이 반드시 죽일 것이다'라고 했어요. 이게 사실이에요?"

이반이 웃음을 터뜨렸다.

"어떻게 나 혼자 당신들을 다 죽여요? 내가 바보가 아니었다면 설명해 줄 수 있을 텐데, 나도 이해가 안 되네요."

"그럼 우린 안 될래요."

"뭐, 그렇다면, 되지 마세요."

바보들은 사령관에게 와서 병사가 되기를 거부했다.

늙은 악마는 자신의 일이 안 먹히는 걸 보자 트무타라칸의 왕에게 가서 아첨했다.

"전쟁을 일으켜서 이반 왕을 정복합시다. 그에겐 돈이 없을 뿐이지 곡물과 가축과 온갖 좋은 것들이 많습니다."

트무타라칸의 왕은 전쟁을 일으키기로 했다. 큰 군대를 소집하고, 총과 대포를 정비하고, 국경을 넘어 이반의 왕국으로 들어오기 시작했다.

사람들이 이반에게 와서 말했다.

"트무타라칸의 왕이 우리와 전쟁하러 오고 있습니다."

"뭐, 그렇다면, 오라 하세요."

트무타라칸의 왕이 군대를 이끌고 국경을 넘었고 선견대를 보내 이반의 군대를 탐색하도록 했다. 하지만 아무리 찾아 봐도 군대는 없었다. 어딘가에 나타나지 않을까 기다리고 또 기다렸다. 그런데 군대에 대한 소문도, 싸울 대상도 없었다. 트무타라칸의 왕은 군대를 보내 마을들을 점령하도록 했다. 병사들이 한 마을에 도착하자 바보 남녀들이 다 나와서 병사들을 놀라 쳐다봤다. 병사들이 바보들의 집에서 곡물과 가축을 탈취하기 시작했다. 그런데 바보들은 그냥 내주었고 아무도 저항하지 않았다. 병사들이 다른 마을로 가자 똑같은 일이 벌어졌다. 병사들은 하루 또 하루 마을을 돌았지만 가는 곳마다 똑같았다. 전부 내주면서 아무도 저항하지 않고, 자기들 마을에 와서 살라고 했다.

"불쌍한 사람들." 바보들이 말했다. "당신네 나라에서 살기가 힘들면 아예 여기 와서 살아요."

병사들이 아무리 돌아다녀 봐도 군대는 없었다. 백성들은 다름없이 살며 일하고, 다른 사람들을 먹이고, 저항하지 않고, 와서 자기들 마을에서 살라고 했다.

지루해진 병사들이 트무타라칸 왕에게 와서 말했다.

"전투를 할 수가 없습니다. 다른 곳으로 보내 주십시오. 전쟁이나 나면 좋으련만, 이건 뭐, 묵이나 자르고 있으니. 여기선 더 이상 전투를 벌일 수 없습니다."

트무타라칸 왕은 화가 나서 병사들에게 온 왕국을 다니며 마을을 파괴하고, 집과 곡물을 불사르고, 가축을 도살하라고 명령했다.

"내 명을 지키지 않는 자들은 다 처형할 것이다."

병사들은 겁을 먹고 왕의 지시대로 행하기 시작했다. 집과 곡물을 불사르고 가축을 도살했다. 바보들은 여전히 저항하지 않고 울기만 했다. 할아범들도 울고, 할멈들도 울고, 어린애들도 울었다.

"우리가 어쨌다고 괴롭혀요? 왜 재산을 망치고 죽이나요? 필요하면 차라리 가져가세요."

병사들은 수치스러워졌다. 그들은 더 이상 진격하지 않았고, 군대는 뿔뿔이 흩어졌다.

12

그렇게 늙은 악마는 병사들로 이반을 쓰러뜨리지 못한 채 떠났다.

늙은 악마는 말쑥한 신사로 변장해서 이반의 왕국에 왔다. 배불뚝이 타라스처럼 그를 돈으로 쓰러뜨리려 한 것이다.

"내가 당신에게 좋은 일을 해드리지요. 어떻게 살아야 되는지 가르쳐 주겠습니다." 그가 말했다. "여기에 집을 짓고 상점을 열겠습니다."

"뭐, 그렇다면, 사세요."

말쑥한 신사는 하룻밤을 묵고 다음 날 아침 광장으로 가서 금화가 든 큰 자루와 종이를 꺼내들고 말했다.

"당신들은 전부 돼지처럼 살고 있어요. 어떻게 살아야 되는지 내가 가르쳐 주리다. 이 설계대로 내게 집을 지어 주시오. 당신들이 일을 한다면 내가 가르쳐 주고 당신들에게 금화도 지불하겠소."

그리고 사람들에게 금화를 보여 줬다. 바보들은 몹시 놀랐다. 그들에겐 돈이란 게 없었고, 서로 물건을 교환하고 노동으로써 갚곤 했다. 금화를 보고 놀란 그들이 말했다.

"좋아 보이네요."

그리고 신사에게 와서 물건과 노동을 금붙이와 바꾸기 시작했다. 늙은 악마가 타라스 때처럼 금화를 풀자 그의 금화를 얻기 위해 사람들이 온갖 물건을 가져오고 온갖 일을 하기 시작했다. 늙은 악마는 기뻐하며 생각했다. '일이 제대로 되는군! 이제 바보도 타라스처럼 몰락시키고, 가진 전부를 통째로 사들이겠어.' 그런데 바보들은 금화를 가져다가 아낙들에게 목걸이를 만들라며 나눠 주고, 처녀들은 머리를 땋는 장신구에 끼우고, 아이들은 장난감으로 가지고 놀았다. 모두가 금화를 많이 갖게 되자 더 이상 가져가지 않았다. 그런데 말쑥한 신사는 대저택도 아직 반밖에 못 지었고, 1년 치 곡식과 가축도 아직 마련되지 않은 상태였다. 신사는 일하러 오라고, 곡식을 가져오라고, 가축을 가져오라고, 무엇을 가져오든 무슨 일을 하든 금화를 많이 주겠다고 했다.

하지만 아무도 일하러 오지 않았고 아무것도 가져오지 않았다. 소년이나 소녀가 쪼르르 달려와 계란 하나를 금화와 바꾸어 갈 뿐 아무도 오지 않았고, 그는 이제 먹을 것도 없게 됐다. 말쑥한 신사는 배가 고파서 점심거리를 사려고 마을을 돌아다녔다. 어느 집 마당에 쑥 들어가 금화를 내밀며 닭 한 마리를 달라 했지만 여주인은 주지 않았다.

"그런 건 많이 있어요." 여주인이 말했다.

악마는 혼자 사는 아낙에게 갔다. 청어를 사겠다며 금화를 내밀었다.

"필요 없어요, 귀여운 사람아." 그녀가 말했다. "난 애들이 없어서 그걸 가지고 놀 사람도 없지만, 보기 드문 거라서 세

개나 받아 놨지요."

악마는 빵을 구하려고 한 농부의 집에 들어갔다. 농부도 돈을 받지 않았다.

"필요 없다오. 하지만 그리스도를 위해서라면, 잠깐 기다려요. 집사람한테 빵을 좀 잘라 달라고 할 테니."

악마는 침을 뱉고는 농부네 집에서 뛰쳐나왔다. 그리스도를 위해 받다니, 그런 말을 듣느니 차라리 칼을 맞는 게 나았다.

그렇게 그는 빵을 구할 수 없었다. 모두에게 금화가 충분했다. 늙은 악마가 어디를 가든 돈을 받고 무언가를 주려는 사람은 아무도 없었고, 전부 이렇게 말했다.

"뭔가 다른 걸 가져와요, 아니면 일하러 오든지. 아니면 그리스도를 위해 받아요."

하지만 악마에겐 돈 외엔 아무것도 없었고, 일은 하기 싫었으며, 그리스도를 위해서는 받을 수 없었다. 늙은 악마는 화가 났다.

"내가 돈을 주겠다는데 뭐가 더 필요한 거요? 금화로 뭐든 살 수 있고 어떤 일꾼이든 부릴 수 있단 말이오."

바보들은 그의 말을 듣지 않았다.

"아니, 필요 없어요. 우린 값을 치르지도 않고 세금도 안 내는데 돈을 어따 써요?"

늙은 악마는 저녁도 먹지 못한 채 누웠다.

이 일이 바보 이반에게까지 전해졌다. 사람들이 그에게 와서 물었다.

"어떻게 해야 될까요? 말쑥한 신사가 나타났는데 먹고 마시길 좋아하고 옷도 말끔히 입고 다녀요. 근데 일하긴 싫어하고, 그리스도를 위해 달라는 말도 안 하고, 금붙이만 주려고 한다니까요. 예전엔 다들 금붙이를 얻으려고 그 사람한테 뭐든 갖다줬지만 이젠 안 줘요. 그 사람을 어떻게 할까요? 굶어 죽으면 안 되는데."

이반이 사람들의 말을 다 듣고는 말했다.

"뭐, 그렇다면, 먹여야지요. 양치기처럼 집집마다 다니라고 하세요."

할 일도 없는 늙은 악마는 집집마다 돌기 시작했다.

그러다가 이반의 집 차례가 되었다. 늙은 악마는 점심을 먹으러 왔고, 벙어리 누이가 음식을 차리고 있었다. 그런데 게으른 사람들이 그녀를 자주 속였었다. 일도 하지 않고 점심때에 먼저 와서는 죽을 다 먹어 버렸다. 그래서 벙어리 누이는 꾀를 내어 손을 보고 게으름뱅이들을 가려냈다. 손에 굳은살이 있는 사람은 상에 앉히고, 없는 사람에겐 먹다 남은 것을 주었다. 늙은 악마가 와서 상에 앉자 벙어리 누이가 그의 손을 움켜쥐고 살펴봤다. 굳은살 없이 깨끗하고 반들반들한 손에 손톱도 길었다. 벙어리 누이가 웅얼거리더니 늙은 악마를 상에서 끌어냈다.

그러자 이반의 아내가 말했다.

"탓하지 마세요, 말쑥한 신사님. 우리 시누이는 손에 굳은 살이 없으면 상에 못 앉게 해요. 사람들이 다 먹을 때까지 기다렸다가 그때 남은 걸 드세요."

늙은 악마는 왕의 집에서 자신을 돼지들과 함께 먹이려 하자 골이 나서 이반에게 말했다.

"당신의 왕국엔 바보 같은 법이 있습니다. 모두가 손으로 일해야 한다니요. 당신들이 멍청해서 이런 걸 생각해 낸 겁니다. 사람이 어디 손으로만 일을 하나요? 똑똑한 사람들은 뭘로 일한다고 생각합니까?"

그러자 이반이 말했다.

"우리 바보들이 어떻게 알아요? 우린 전부 손으로 일하고 굽은 등으로 일해요."

"그러니까 당신들이 바보라서 그런 겁니다. 내가 당신들에게 머리로 일하는 법을 가르쳐 주지요. 손보다는 머리로 해야 일이 더 잘 된다는 걸 알게 될 겁니다."

이반은 깜짝 놀랐다.

"허, 괜히 우리를 바보라고 하는 게 아니네요!"

늙은 악마가 계속 말했다.

"하지만 머리로 일하는 게 쉽진 않습니다. 당신들은 내가 손에 굳은살이 없다며 먹지 못하게 하는데, 머리로 일하는 게 열 배는 더 힘들다는 걸 모르는군요. 어떨 땐 머리가 빠개

바보 이반과 그의 두 형제 이야기

지기도 합니다."

이반이 골똘히 생각하더니 말했다.

"불쌍한 사람아, 왜 자기를 그렇게 괴롭혀요? 머리가 빠개지는 게 어디 쉽냐구요? 그냥 손이랑 등으로 쉬운 일을 해요."

그러자 악마가 말했다.

"내가 자신을 괴롭히는 건 당신네 바보들을 안타깝게 여겨서입니다. 내가 자신을 괴롭히지 않으면 당신들은 평생 바보로 남을 테니까요. 나는 머리로 일해 봤으니 이젠 당신들을 가르치겠습니다."

이반은 놀라웠다.

"가르쳐 주세요, 나중에 손으로 하다 지치면 머리로 바꿀 수 있게."

악마는 가르쳐 주겠다고 약속했다.

이반이 온 왕국에 알리길, 말쑥한 신사가 나타나 머리로 일하는 법을 가르칠 것인데 손보다는 머리로 더 많이 일할 수 있으니 다들 배우러 가라고 했다.

이반의 왕국에는 높은 망대가 세워져 있었는데 거기로 올라가는 곧은 계단이 있고, 위에는 망루가 있었다. 이반은 신사가 잘 보이도록 그를 그곳으로 데려갔다.

신사가 망대에 올라 말하기 시작했다. 그러자 바보들이 보려고 모여들었다. 바보들은 어떻게 손을 쓰지 않고 머리로 일할 수 있는지 신사가 직접 보여 줄 거라고 생각했다. 하지만 늙은 악마는 어떻게 하면 일하지 않고 살 수 있는지 말로만 가르쳤다.

바보들은 아무것도 이해할 수 없었다. 보고 또 보다가 각자 할 일이 있어 흩어졌다.

늙은 악마는 망대에서 하루를 보내고, 또 하루를 보내며 계속 말을 했다. 그는 배가 고파졌다. 그런데 바보들은 망대에 있는 그에게 빵 한 조각 가져다줄 생각도 안 했다. 그들은 만일 그가 손보다 머리를 써서 일을 더 잘 할 수 있다면 빵이야 거저 구할 거라고 생각했다. 악마는 또 하루를 망루에 서서 계속 말했다. 사람들은 다가와서 보고 또 보다가 흩어졌다. 이반이 사람들에게 물었다.

"신사가 머리로 일하기 시작했어요?"

"아니, 아직이요. 계속 중얼거리기만 해요."

늙은 악마는 또 하루를 망루에 서 있었고 기운이 빠지기 시작했다. 그가 한번 휘청하더니 기둥에 머리를 부딪쳤다. 어느 바보가 이것을 보고 이반의 아내에게 말했고, 이반의 아내는 들에 있는 남편에게 달려가 말했다.

"가봅시다. 신사가 머리로 일하기 시작했대요."

이반은 깜짝 놀랐다. "그래?"

그는 말을 묶어 놓고 망대로 갔다. 그가 망대에 가까워졌을 땐 늙은 악마는 이미 굶주림에 완전히 진이 빠져서 휘청거리며 기둥에 머리를 박고 있었다. 이반이 가까이 오자 악마는 발이 걸려 넘어졌고, 계단을 세기라도 하듯 머리를 쿵쿵 부딪치며 굴러떨어졌다.

"저런," 이반이 말했다. "말쑥한 신사가 말한 게 진짜였어. 머리가 빠개질 때도 있다더니. 이건 군은살 정도가 아니네. 저렇게 일하다간 머리에 혹이 나겠어."

늙은 악마는 계단 아래로 굴러떨어져 땅에 머리를 박았다. 이반은 그가 일을 많이 했는지 가까이 가서 보려고 했다. 그런데 갑자기 땅이 갈라지더니 늙은 악마가 땅속으로 꺼져 버리고 구멍만 남았다. 이반은 머리를 긁적였다.

"아니, 이런 더러운 것! 또 그놈이구나! 이놈은 그 아비가 분명해, 몸집이 이렇게 크다니!"

이반은 그렇게 지금까지 살고 있으며, 사람들이 전부 그의 왕국으로 몰려들었다. 형들이 오자 그는 형들도 먹였다. 누구든 와서 "우리 좀 먹여주세요." 하면 "뭐, 그렇다면, 여기 살아요. 우린 다 많으니까요." 했다.

다만 그의 왕국에는 한 가지 풍속이 있는데 손에 군은살이 있는 자는 상에 가 앉게 하고, 군은살이 없는 자에겐 먹다 남은 걸 주었다.

(1885년)

사람에게 땅이 많이 필요한가?

МНОГО ЛИ ЧЕЛОВЕКУ ЗЕМЛИ НУЖНО?

1

도시에 사는 언니가 시골에 있는 동생에게 왔다. 언니는 도시의 상인과 결혼하고 동생은 시골의 농부와 결혼했었다. 자매는 차를 마시며 이야기를 나눴다. 언니가 우쭐해져서 도시 생활을 자랑하기 시작했다. 도시에서 넓고 깨끗하게 살고, 아이들을 예쁘게 옷 입히고, 맛있는 것을 먹고 마시고, 유람마차를 타고, 축제와 극장에 다닌다고 말이다. 동생은 마음이 상해서 상인의 삶은 낮잡아보고 농부의 삶은 추켜세우기 시작했다.

"나는 내 인생과 언니 인생을 바꾸지 않을 거야. 괜히 평범하게 사는 게 아냐, 우린 두려울 게 없으니까. 언니네는 더 깨끗하게 살긴 하겠지만 장사해서 돈을 엄청 벌든지, 아님 엄청 손해를 보든지 하잖아. 이런 속담도 있어, '손해는 이득의 큰 형이다.' 오늘은 부자였다가도 내일은 집밖에 나앉을 수 있지. 하지만 우리 농사일은 더 믿음직해. 농부는 배가 납작하지만 오래 살지. 부자는 못 되더라도 배부르게 먹고는 살아."

그러자 언니가 말하기 시작했다.

"배부르면 뭐 해, 소 돼지들이랑 사는데. 집을 꾸미지도 못해. 나아지는 것도 없어. 네 남편이 아무리 일을 해봐야 거름더미에서 살다가 그렇게 죽을 거야. 네 애들도 그렇고."

"그게 뭐." 동생이 말했다. "우리 일이 그런 건데. 대신 든든하게 살고 있어. 누구한테 굽실대지도 않고 무섭지도 않아. 근데 언니네 도시에서는 다들 유혹 속에서 살잖아. 지금은 좋아도 내일은 악령이 나타날 거야. 두고 봐. 언니 남편을 카드놀이나 술이나 예쁜 여자로 유혹할걸. 그럼 전부 날리게 돼. 그런 일이 과연 없겠어?"

이 집의 주인인 파홈은 페치카 위에서 여자들의 수다를 듣고 있었다.

"정말 맞는 말이지요." 그가 말했다. "우리 같은 농부는 어릴 때부터 고향땅을 일구며 사느라 머릿속에 어리석은 생각이 들 틈이 없어요. 한 가지 불행한 건 땅이 적다는 거예요! 땅만 충분하면 겁날 게 없어요. 악마도 안 무서워요!"

여자들은 차를 다 마시고도 옷 치장에 대해 계속 수다를 떨다가 그릇을 치우고는 잠자리에 들었다.

그런데 악마가 페치카 뒤에 앉아 다 듣고 있었다. 악마는 농부의 아내가 남편에게 자만심을 일으켜서 땅만 있으면 악마도 자기를 어쩌지 못한다며 호언장담한 것에 기뻐했다.

'좋아,' 악마가 생각했다. '너랑 나랑 내기를 해보자. 내가 땅을 많이 줄 테니. 그 땅으로 널 손에 넣으마.'

2

농부들의 마을 근처에 아담한 여자 지주가 살았다. 그녀에
겐 120데샤티나*의 땅이 있었다. 그녀는 이제껏 농부들과 화
목하게 지냈고 농부들을 괴롭히지 않았다. 그런데 한 퇴역 군
인이 영지의 관리인으로 고용되더니 농부들에게 벌금을 물
리며 괴롭히기 시작했다. 파홈이 아무리 조심을 해도 말이 귀
리밭에 뛰어들거나, 소가 정원에서 어슬렁대거나, 송아지들이
목초지로 나가거나 했고, 이게 다 벌금이었다.

파홈은 벌금을 물면 가족들에게 화를 내고 때리기도 했다.
영지 관리인 때문에 여름 내내 많은 곤욕을 치렀다. 가축들
을 마당에 가두는 때가 되자 오히려 기뻤다. 사료가 아깝긴
해도 겁먹을 일은 없었기 때문이다.

겨울에 소문이 돌았는데 여지주가 땅을 내놨고 깡패인 여
관 주인이 그 땅을 사려 한다는 것이었다. 농부들은 소식을
듣고 탄식했다. '어휴, 땅이 여관 주인 손에 들어가면 지주보
다 더 못되게 굴면서 벌금을 물릴 거야. 이 땅이 아니면 우린
못 살아. 다들 이 땅에 둘러 살잖아.'라고 생각했다. 농부들
은 단체로 지주에게 찾아가 땅을 여관 주인에게 팔지 말고 자
기들에게 달라고 청하기 시작했다. 땅값을 더 크게 쳐주겠노

---

* 러시아의 옛 지적 단위. 1데샤티나는 1.0925헥타르(약 3,300평), 120데샤티나는 약 40만
평이다.

라고 약속도 했다. 여지주가 승낙했다. 농부들은 마을 단체로 땅 전부를 사려고 한두 번 모여 회의를 했지만 의견이 맞지 않았다. 악마가 훼방을 놓아서 도무지 의견 일치를 보지못하는 것이다. 농부들은 각자 형편이 되는 만큼 땅을 개별로 사기로 했다. 여지주도 이에 동의했다. 파홈은 옆집이 지주의 땅 20데샤티나를 샀는데 땅값의 절반은 1년 내에 분할해서 갚도록 해줬다는 말을 들었다. 파홈은 부러워하며 '남들이 땅을 다 사버리면 난 아무것도 없게 돼.'라고 생각했다. 그는 아내와 의논했다.

"다들 땅을 사는데 우리도 10데샤티나 정도는 마련해야돼. 안 그럼 살 수가 없어, 영지 관리인이 계속 벌금을 물리고있으니."

그들은 땅을 어떻게 살 수 있을까 궁리했다. 모아 놓은 백루블이 있었고, 망아지를 팔고, 꿀벌도 절반을 팔고, 아들은머슴살이 보내고, 또 동서에게서 돈을 빌려 땅값의 절반을 마련했다.

돈을 모은 파홈은 작은 숲이 딸린 15데샤티나의 땅을 마음에 두고는 여지주에게 갔다. 15데샤티나에 대한 값을 흥정하고, 계약을 맺고, 선금을 건넸다. 그리고 시내로 가서 땅문서를 작성하고 땅값의 절반을 치르고 나머지는 2년 안에 갚기로 했다.

그렇게 파홈은 땅을 가지게 됐다. 그는 종자를 빌려다가 새로 산 땅에 뿌렸고 큰 수확을 거두었다. 1년 만에 지주와 동서에게 빚진 걸 다 갚았다. 파홈은 지주가 됐고, 자신의 땅을 일구어 씨를 뿌리고, 자신의 땅에 난 목초를 베고, 자신의 땅에 난 나무로 장작을 패고, 자신의 땅에서 가축을 먹였다. 파홈은 영영 자기 것이 된 땅을 일구러 나오거나 새순이 돋아나는 목초지를 살피러 올 때면 한없이 기뻤다. 돋아나는 풀도, 피어나는 꽃도 자신의 땅에서는 사뭇 달라 보였다. 예전에 이 땅을 지나칠 때는 그저 그런 땅이었지만, 이제는 완전히 특별한 땅이었다.

3

파홈은 그렇게 즐겁게 살았다. 모든 게 좋았지만 농부들이 파홈의 작물과 초원을 망쳐 놓기 시작했다. 정중하게 부탁을 해도 멈추질 않았다. 목자들이 그의 초원에 소들을 풀어놓는가 하면 야간 방목을 나온 말들이 곡물밭에 들어오기도 했다. 파홈은 그저 가축을 쫓아내고, 신고하지 않고 용서해 주다가 나중엔 진저리 나서 읍내 재판소에 고발하기 시작했다. 그는 땅이 비좁기 때문이지 농부들이 고의로 그러는 게 아님을 알고 있었다. 하지만 '더 이상 놔둘 순 없어. 이러다간 다 망가트릴 거야. 본때를 보여 줘야 돼.'라고 생각했다.

그렇게 한 번 두 번 재판으로 본때를 보여 주고 이 사람 저 사람에게 벌금을 물렸다. 이웃 농부들은 파홈에게 앙심을 품기 시작했고 이젠 일부러 밭을 망쳐 놓았다. 한번은 누군가 밤에 숲에 들어와 보리수나무 열 그루를 베어 껍질을 벗겨 갔다. 숲을 지나던 파홈에게 뭔가 허연 게 보였다. 가까이 가 보니 껍질이 벗겨진 보리수 가지들이 널려 있고 그루터기만 남아 있었다. 바깥 가지만 잘라 가거나 한 그루만이라도 남겨 놨으면 좋으련만 악당은 깡그리 쓸어가 버렸다. 파홈은 화가 치밀었다. '아흐, 누가 그랬는지 알기만 하면 앙갚음할 텐데.' 그는 누구일지 생각하고 생각했다. '그 녀석밖에 없어, 세묜 짓이야.' 그리고 세묜의 집에 가서 마당을 뒤지다가 아무것도 발견하지 못하고 다투기만 했다. 파홈은 세묜이 벌인 일이라고 더욱 확신하고는 그를 고발했다. 두 사람이 재판소로 불려 왔다. 재판이 이어지다가 세묜이 무죄 판결을 받았다. 증거가 없었기 때문이다. 파홈은 더욱 마음이 상해서 읍장과 판사들과도 말다툼을 했다. "당신들은 도둑놈 편이네요. 스스로 정의롭게 산다면 도둑놈한테 죄가 없다고 하진 않겠지요." 파홈은 판사들과도 싸우고 이웃들과도 싸웠다. 불질러 버리겠다는 협박도 받았다. 파홈은 더 넓은 땅에서 살게 됐지만, 마을 공동체에서의 입지는 좁아졌다.

그러던 중 농민들이 새로운 지역으로 떠나고 있다는 소문이 돌았다. 파홈은 생각했다. '내가 내 땅을 떠날 필요는 없지. 우리 마을에서도 누군가 간다면 여기도 더 여유로워질 텐데. 그럼 내가 그 땅을 사서 주변을 넓히면 살림도 더 나아질 거야. 지금은 아무래도 좁단 말이야.'

한번은 파홈이 집에 있는데 마을을 지나가던 농부가 들어왔다. 그 농부를 하룻밤 묵도록 하고 식사를 대접하며 이야기를 나눴다. 어디서 오는 길인지도 물었다. 농부는 아래쪽에서, 볼가강 너머에서 왔는데 거기서 일했다고 했다. 그가 이 런저런 얘기를 하던 중에 사람들이 그리로 이주 온다고 했다. "거기에 정착해서 마을 단체에 가입하면 한 사람당 10데샤티나의 땅을 준다오. 근데 땅이 어떠냐 하면, 호밀을 심으면 말馬이 안 보일 정도로 높이 자라고, 또 아주 빽빽해서 다섯 움큼이면 한 단이 되지. 아주 가난한 농부가 빈손으로 왔었는데 지금은 말 여섯에 소 두 마리가 있다오."

파홈의 마음이 달아올랐다. '뭐 하러 이 좁은 곳에서 가난하게 살아. 잘 살 수가 있는데. 땅도 팔고 집도 팔자. 그 돈으로 거기서 자리를 잡고 살림을 꾸려야겠어. 여긴 비좁아서 좋을 게 없잖아. 아무튼 내가 직접 알아보고 확인해야지.'

그는 여름내 다녀올 예정으로 떠났다. 증기선을 타고 볼가강을 따라 아래로 내려와 사마라까지 왔고, 그다음엔 400베르스타* 정도를 걸었다. 목적지에 도착했다. 모든 게 듣던 대

* 1베르스타=1,066.8m. 400베르스타는 약 427km이다.

로였다. 농부들은 넓고 여유롭게 살았고, 한 사람당 10데샤티나가 배정됐으며, 공동체 가입도 환영했다. 또 돈이 있다면 분배받은 땅 외에도 원하는 만큼 사유지를 살 수 있었는데, 최고로 좋은 땅을 3루블씩에 원하는 만큼 살 수 있었다!

파홈은 모든 걸 알아보고는 가을 무렵 집에 돌아와서 전부 팔아치우기 시작했다. 이윤을 남겨 땅을 팔고, 집을 팔고, 가축도 전부 팔고, 단체에서 탈퇴하고, 봄이 되길 기다렸다가 가족과 새로운 곳으로 떠났다.

4

파홈은 온 가족과 함께 새로운 곳에 와서 큰 마을의 단체에 가입했다. 노인들에게 술을 대접하고 문서도 모두 고쳤다. 파홈을 받아준 단체에서 그에게 방목지 외에도 다섯 명에 대한 50데샤티나의 땅을 여러 들판에 분배해 주었다. 파홈은 집을 짓고 가축을 길렀다. 한 사람당 맡은 땅이 예전보다 세 배로 늘었다. 땅도 비옥했다. 살림의 규모는 예전보다 열 배나 불어났다. 경작지도 목초도 충분했다. 가축도 얼마든지 기를 수 있었다.

파홈은 처음 집을 짓고 정착하는 동안엔 좋은 것 같았다. 하지만 이내 익숙해지고 이 땅도 좁게만 느껴졌다. 첫 해에 분배받은 땅에 밀을 파종해서 풍작을 거두었다. 그래서 계속해서 밀을 심고 싶었으나 땅이 부족했다. 가지고 있는 땅은 적합하지 않았다. 이곳에서는 밀을 나래새*가 자라난 땅이나 묵은땅에 심는다. 한두 해 밀을 심고, 다시 나래새가 자라날 때까지 묵혀 둔다. 그런데 이런 땅을 원하는 사람이 많아서 모두에게 돌아가지는 못했다. 이 때문에 실랑이가 벌어지기도 했다. 좀더 부유한 사람들은 직접 파종을 하려 했고, 가난한 사람들은 상인들에게 세를 받고 땅을 내줬다. 파홈은 더 많이 파종하고 싶었다. 이듬해에 상인에게 가서 1년간 땅을 빌렸다. 밀을 더 많이 심었고 풍작이었다. 하지만 마을에서 멀어서 15베르스타 정도를 실어 날라야 했다. 그가 보니 주변의 상인이자 농부들은 농장에서 살면서 더욱 부유해지고 있었다. '그렇지,' 파홈이 생각했다. '나도 땅덩이를 아예 내 소유로 사서 농장을 지으면 좋을 텐데. 그럼 전부 근처에 있게 되니까.' 파홈은 어떻게 하면 땅을 사유지로 살 수 있을지 궁리하기 시작했다.

이렇게 파홈은 3년을 지냈다. 땅을 빌려 밀을 심었다. 매해 풍년이어서 밀도 잘 되고 돈도 모으게 됐다. 살기야 살았지만 파홈은 매년 땅을 빌리고 땅 때문에 이래저래 신경 써야 하는 게 지겨웠다. 좋은 땅이 있기만 하면 농부들이 바로 달려

---

* 볏과의 여러해살이풀. 연한 풀색 또는 자주색 꽃이 피고 가축의 먹이로 쓴다.

들어서 다 나눠 가진다. 미처 빌리지 못하면 파종할 곳도 없다. 게다가 3년째에는 어느 상인과 함께 농부들에게서 목초지를 빌려 반씩 나눈 후 이미 경작을 마쳤는데, 농부들이 소송을 일으켜서 그만 허사가 돼버렸다.

'만일 내 땅이 있다면,' 그가 생각했다. '누구한테 고개 숙일 필요도 없고 애먹을 일도 없을 텐데.'

파홈은 사유지를 어디에 살지 알아보기 시작했다. 그리고 한 농부를 만나게 됐다. 그는 500데샤티나를 사들였었는데 파산한 나머지 싼값에 되팔고 있었다. 파홈은 이 사람과 잘해보려고 했다. 흥정하고 또 흥정해서 1,500루블에 얘기가 됐고, 땅값의 절반은 나중에 주기로 했다. 일이 거의 성사될 때쯤 마을을 통과하던 한 상인이 말에게 먹이를 먹이려고 파홈의 집으로 들어왔다. 그들은 차를 마시며 이야기를 나눴다. 상인은 먼 곳 바시키르에서 오는 중이라고 했다. 그리고 말하길, 그곳 바시키르 사람들한테서 5천 데샤티나의 땅을 샀는데 겨우 천 루블만 냈다는 것이다. 파홈이 이것저것 캐묻기 시작하자 상인이 말해 줬다. "노인네들을 잘 대접한 것뿐이라니까. 가운이랑 양탄자 백 루블 어치를 선물로 나눠 주고, 차도 한 상자씩 주고, 술 좋아하는 사람들한텐 포도주도 대접했지. 그렇게 하고 데샤티나당 20코페이카에 샀어." 그가 땅문서를 보여 줬다. "땅이 하천을 끼고 있고, 전부 나래새가 자라는 초원이라오." 파홈은 어떻게 하면 되는지, 무엇을 해야 하는지 자세히 묻기 시작했다. 상인이 말했다. "거기 땅은 1년을 돌아도 다 못 돌아본다오. 전부 바시키르 땅이지. 사람들이 양처럼 둔하다니까. 거의 공짜로 받을 수 있어." 그러자 파홈은 생각했다. '흠, 내 돈 천 루블로 500데샤티나를 사면서 덤으로 빚까지 질 필요는 없지. 거기 가면 천 루블로 엄청난 걸 얻게 될 텐데!'

5

파홈은 그곳에 어떻게 가는지 물어보고는 상인을 배웅하자마자 자신도 떠날 채비를 했다. 집은 아내에게 맡기고 일꾼 하나를 데리고 떠났다. 시내에 들러서 상인이 말해 준 대로 차 상자와 선물, 포도주를 샀다. 길을 가고 또 가서 약 500베르스타를 지나왔다. 7일째 되는 날에 바시키르인들이 유목하는 곳에 도착했다. 모든 게 상인이 말한 대로였다. 그들은 하천이 흐르는 초원에 펠트 천막을 치고 살았다. 땅을 일구지도, 빵을 먹지도 않았다. 초원엔 가축과 말들이 떼를 이루어 거닐었다. 천막 뒤엔 망아지들이 묶여 있고, 하루에 두 번 암말들을 망아지 곁으로 몰아와서 말젖을 짜고 그걸로 마유주를 만들었다. 여자들은 마유주를 빚고 치즈를 만들었는데 남자들이 하는 것이란 마유주와 차를 마시고, 양고기를 먹고,

피리를 부는 것뿐이었다. 모두들 유순하고 쾌활했으며 여름 내내 빈둥거렸다. 사람들은 아예 문맹에 러시아어도 몰랐지만 상냥했다.

파홈을 보자마자 바시키르인들이 천막에서 몰려나와 손님을 에워쌌다. 그중엔 통역해 줄 사람도 있었다. 파홈은 그에게 땅 문제로 왔다고 말했다. 바시키르인들은 매우 기뻐했고, 파홈을 붙들어 좋은 천막으로 인도하고, 양탄자 위에 앉히고, 푹신한 방석을 받쳐 주고, 둘러앉아 차와 마유주를 대접하기 시작했다. 양을 잡아 양고기도 대접했다. 파홈은 마차에서 선물을 가져다가 바시키르 사람들에게 나눠 주기 시작했다. 선물을 다 돌리고 차도 나눠 주었다.

바시키르 사람들이 기뻐했다. 자기네끼리 뭐라고 말하더니 통역에게 말을 전하라고 했다.

"당신에게 전하래요." 통역이 말했다. "이 사람들은 당신이 좋답니다. 또 관습대로 손님을 무조건 만족스럽게 하고 선물에 답례를 해야 돼요. 당신이 우리에게 선물을 줬으니까 우리가 가진 것 중에 뭐가 마음에 드는지, 뭘 선물로 받고 싶은지 말해 달래요."

파홈이 대답했다. "저는 당신네 땅이 가장 마음에 듭니다. 제가 사는 곳은 땅이 비좁고 토양도 고갈됐는데, 여긴 땅도 넓고 기름지네요. 이런 땅은 본 적이 없어요."

통역이 말을 전하자 바시키르인들은 한참을 이야기했다.

파홈은 그들이 뭐라고 하는지 이해할 순 없었지만 아주 신나 보였고, 뭐라 외치기도 웃기도 했다. 잠시 후 조용해지더니 사람들이 파홈을 쳐다봤고 통역이 말했다.

"당신에게 말하길, 당신의 친절에 기꺼이 땅을 얼마든지 주겠답니다. 어떤 땅을 원하는지 손으로 가리키기만 하면 당신 것이 될 거래요."

그들은 다시 이야기를 나누더니 무언가에 대해 옥신각신하기 시작했다. 파홈이 뭐 때문에 다투는지 묻자 통역이 말했다.

"한쪽은 족장한테 땅에 대해 물어보고 족장의 허락 없이 주면 안 된다고 해요. 다른 쪽은 허락을 안 받아도 된다고 하구요."

6

바시키르인들이 옥신각신하는데 갑자기 여우털 모자를 쓴 사람이 다가왔다. 모두 입을 다물고 일어났다. 그러자 통역이 "이 사람이 족장입니다."라고 했다. 파홈은 얼른 가장 좋은 가운을 꺼내 족장에게 선물했고 5푼트*의 차도 전했다. 족장이

* 약 2kg. 1푼트는 약 410g.

선물을 받고 상석에 앉았다. 그러자 바시키르인들이 그에게 뭐라고 말하기 시작했다. 족장은 다 듣고 나서 조용히 하라는 뜻으로 고개를 끄덕였고, 파홈에게 러시아어로 말하기 시작했다.

"흐음, 그렇게 하시오. 마음에 드는 땅을 가져요. 땅은 많습니다."

'원하는 만큼을 어떻게 갖지?' 파홈이 생각했다. '어떻게든 확실히 해둬야 돼. 안 그러면 내 거라고 했다가 나중에 빼앗을지도 몰라.'

"친절하신 말씀 감사합니다." 파홈이 말했다. "당신들에겐 땅이 많지요. 하지만 전 아주 조금만 필요합니다. 단지 어느 땅이 제 것이 될지 알고 싶습니다. 어떤 방식으로든 땅을 재서 제 것으로 확정해야 돼요. 삶과 죽음은 신의 뜻에 달렸잖습니까. 당신들은 선한 사람이라서 땅을 내주지만 당신들의 아이들이 빼앗을 수도 있어요."

"당신 말이 옳소." 족장이 말했다. "확정할 수 있지."

파홈이 다시 말하기 시작했다.

"이곳에 상인이 왔었다고 들었습니다. 그 사람한테도 땅을 선물하고 문서도 만들어 주셨다고 하던데, 저도 그렇게 했으면 합니다."

족장은 파홈의 말을 이해했다.

"다 가능하다오. 우리 중에 서기가 있으니 도시로 가서 필요한 문서를 작성합시다."

"그런데 땅값은 얼마인가요?" 파홈이 말했다.

"우리는 땅값이 똑같다오. 하루에 천 루블."

파홈은 이해가 안 됐다.

"하루라니 그게 어떤 측량법인가요? 데샤티나로 하면 얼마나 되죠?"

"우린 그런 건 계산할 줄 모르오. 그래서 하루로 판다오. 땅을 하루 동안 돌아보는 만큼 당신 것이 되고, 그 하루당 값이 천 루블이라오."

파홈은 놀라웠다.

"한데 그렇다면, 하루 동안 돌면 땅이 많을 텐데요."

족장이 웃음을 터뜨렸다.

"다 당신 것이오! 다만 한 가지 약속할 게 있소. 만일 출발했던 곳으로 하루 안에 돌아오지 않으면 당신은 돈을 날리게 되오."

"그럼, 제가 지나치는 곳을 어떻게 표시합니까?"

"당신이 좋다는 곳에 우리가 서 있을 거요. 우리는 거기에 있고, 당신은 가서 한 바퀴 돌면 되지. 갈 때 삽을 가져가서 필요한 곳에 표시를 하고, 방향을 꺾으면 거기에 구덩이를 파서 뗏장을 얹어 놓으시오. 나중에 쟁기로 땅을 갈면서 구덩이와 구덩이를 연결할 거니까. 한 바퀴를 어떻게 돌든 상관은 없지만, 해가 지기 전까지 출발한 곳으로 돌아와야 하오. 돌아본 곳은 다 당신 것이오."

파홈은 매우 기뻤다. 다음 날 아침 일찍 떠나기로 했다. 이야기를 나누고, 마유주를 더 마시고, 양고기를 먹고, 또 차를 마시고, 그렇게 밤이 되었다. 바시키르인들은 파홈에게 푹신한 잠자리를 만들어 주고는 각자 흩어졌다. 내일 아침놀이 질 때 모여서 해 뜨기 전에 출발하기로 약속했다.

7

푹신한 이불에 누운 파홈은 잠이 오지 않아서 계속 땅에 대해 생각했다. '아주 큰 땅을 손에 넣어야지. 하루에 50베르스타 정도는 돌 거야. 요즘은 해가 1년처럼 길어. 50베르스타를 돌면 땅이 대체 얼마야. 안 좋은 땅은 팔아 버리거나 농부들한테 빌려주고, 좋은 땅만 골라서 직접 경작해야지. 쟁기두 개는 끌어야 하니까 황소를 여럿 기르고, 일꾼 두 명을 고용하고, 50데샤티나 정도는 경작하고, 나머지 땅엔 가축을 풀어 놔야지.'

파홈은 밤새 잠을 이루지 못했다. 아침놀이 지기 전에야 잠깐 잠들었다. 잠들자마자 꿈을 꿨는데 꿈에서 보길, 바로 이 천막에 자기가 누워 있고 밖에서 누군가 큰 소리로 웃고 있었다. 누가 웃나 보려고 일어나 천막을 나왔는데 바시키르 족장이 천막 앞에서 두 손으로 배를 움켜쥐고 깔깔거리는 것이었다. 그는 다가가서 "왜 웃는 거요?" 물었다. 그런데 보니 그 사람은 바시키르 족장이 아니라 얼마 전 자신의 집에 와서 땅 얘기를 해준 상인이었다. 그래서 상인에게 "여기에 온지 오래되었소?"라고 물었는데, 그는 이제 상인이 아니라 전에 아래 지방에서 올라왔다고 했던 농부였다. 파홈이 또 보니 그 사람은 농부가 아니라 뿔이 나고 발굽이 달린 악마였다. 악마가 앉아서 깔깔대며 웃는데 그 앞엔 셔츠와 바지 차림에 맨발인 사람이 누워 있었다. 파홈은 그 사람이 누군지 더 자세히 들여다봤다. 그런데 그는 죽어 있었고 바로 자기 자신이었다. 파홈은 기겁하며 꿈에서 깨어 '별 이상한 꿈이 다 있네.'라고 생각했다. 주변을 둘러보니 열린 문 밖으로 벌써 환하게 동이 트고 있었다. '사람들을 깨워야 돼, 갈 때가 됐어.' 파홈은 일어나서 마차에 있는 일꾼을 깨워 말을 메우라 하고는 바시키르 사람들을 깨우러 갔다.

"땅을 재러 초원에 갈 때가 됐습니다."

바시키르인들이 일어나 모두 모이고 족장도 왔다. 그들은 또 마유주를 마시기 시작했고 파홈에게 차를 대접하려고 했으나 파홈은 기다릴 수 없었다.

"가려면 얼른 가야지요, 때가 됐어요."

8

바시키르인들이 모이더니 누구는 말에 오르고, 누구는 마차를 타고 출발했다. 파홈은 삽을 챙겨 일꾼과 함께 자신의 마차에 올랐다. 초원에 도착하자 아침노을이 타오르고 있었다. 바시키르어로 '쉬한'이라고 하는 작은 언덕으로 올라갔다. 다들 마차에서 내리고 말에서 내려 한데 모였다. 족장이 파홈에게 나가와 손으로 가리켰다.

"보시오, 어디를 보든 다 우리 땅이라오. 아무 땅이나 고르시게."

파홈의 눈동자가 타올랐다. 땅은 전부 나래새로 뒤덮이고, 손바닥처럼 반반하며, 양귀비 씨처럼 새카맣고, 낮은 곳의 골짜기에는 여러 풀들이 가슴 높이까지 자라나 있었다.

족장이 여우털 모자를 벗어 땅에 내려놓고 말했다.

"보시오, 이걸로 표시합시다. 여기서 출발해서 여기로 돌아오시오. 당신이 다닌 땅은 전부 당신 게 될 거요."

파홈은 돈을 꺼내어 모자에 놓고, 외투를 벗어서 겉옷만 입은 채로 서서 허리띠를 팽팽하게 조여 맸다. 빵 주머니는 품에 넣고, 물병은 허리띠에 달고, 부츠의 목을 잡아당기고, 일꾼에게서 삽을 받아 든 다음 출발하려고 했다. 어느 방향으로 잡을까 거듭 생각했지만 어디든 좋아 보였다. 다 똑같으니 해가 뜨는 쪽으로 가기로 했다. 그는 태양을 향해 서서 몸

사람에게 땅이 많이 필요한가?

을 풀고는 땅끝에서 태양이 모습을 드러내기만을 기다렸다. 잠시라도 시간을 버리면 안 된다고 생각했다. 서늘할 때가 걷기에도 좋다. 땅끝에서 해가 솟아오르자마자 파홈은 삽을 어깨에 메고 초원을 향해 출발했다.

파홈은 천천히 가지도, 빨리 가지도 않았다. 한 베르스타를 지나자 멈춰서 구덩이를 파고 눈에 잘 띄도록 뗏장을 겹겹이 얹어 놓았다. 그리고 계속해서 걸었다. 몸이 풀리기 시작하고 발걸음도 빨라졌다. 조금 더 가서 구덩이를 또 팠다.

파홈은 뒤를 돌아봤다. 해가 떠서 쉬한 언덕이 잘 보였다. 사람들이 서 있고 마차 바퀴가 반짝였다. 파홈은 5베르스타쯤 왔을 거라고 예상했다. 몸에서 열이 나자 겉옷을 벗어 어깨에 걸치고 계속 갔다. 다시 5베르스타 정도를 걸었다. 날이 따뜻해졌다. 태양을 보니 벌써 아침식사 시간이었다.

'4분의 1이 지났구나.' 파홈은 생각했다. '하루를 넷으로 나누니까,* 아직 방향을 틀기에는 일러. 신발이나 벗자.' 그는 잠깐 앉아서 부츠를 벗어 허리에 매고 계속 걸었다. 걷는 게 수월해졌다. '5베르스타 정도 더 가서 거기서 왼쪽으로 꺾자. 땅이 참 좋아서 버리기가 아까워. 갈수록 더 좋아지네.' 그는 계속해서 곧장 걸었다. 뒤를 돌아보니 쉬한 언덕이 희미하게 보

---

* 당시 농부들은 낮을 식사 때를 기준으로 네 개의 시간대로 나누었다. (1)해뜨기부터 아침식사 전까지 (2)아침식사부터 점심식사까지 (3)점심부터 새참까지 (4)새참부터 저녁식사까지.

이는데 사람들은 개미처럼 거뭇거뭇하고 무언가 살짝 반짝였다.

'흠,' 파홈은 생각했다. '이쪽으론 충분히 왔어. 이젠 방향을 꺾어야지. 땀도 많이 흘려서 목이 마르네.' 그는 멈춰서 구덩이를 더 크게 파내어 떼장을 얹어 놓고, 물병을 풀어 물을 마시고는 왼쪽으로 크게 꺾었다. 걷고 또 걷다 보니 키 높은 풀들이 나오고 날은 더워졌다.

파홈은 지치기 시작했다. 태양을 보니 딱 점심시간이었다. '아, 좀 쉬어야겠다.' 파홈은 걸음을 멈추고 앉았다. 목을 축이며 빵을 먹고 눕지는 않았다. 누우면 잠들 것 같았다. 그는 잠시 앉았다가 다시 길을 나섰다. 처음엔 수월했다. 음식을 먹어서 힘이 났기 때문이다. 그런데 날은 더욱 무더워지고 졸음이 몰려왔다. 하지만 계속해서 걸으며 고생 끝에 낙이 오리라 생각했다.

이쪽 방향으로도 벌써 많이 지나와서 또다시 왼쪽으로 꺾으려 했다. 그런데 습한 골짜기가 나와서 버리기가 아까웠다. 그는 '여긴 아마가 잘 자랄 거야.' 생각하며 다시 곧장 걸었다. 골짜기까지 포함시키고 골짜기 너머에 구덩이를 판 다음 두 번째 모퉁이를 돌았다. 파홈이 쉰 언덕 쪽을 돌아보니 열기로 인해 어렴풋했다. 공기 중에 무언가가 아른거리고 아지랑이 사이로 언덕 위의 사람들이 간신히 보였다. 언덕까지 15베르스타 정도 될 것 같았다. '흐음, 길이를 길게 잡았으니까 이

사람에게 땅이 많이 필요한가?

쪽으론 짧게 해야겠어.' 세 번째 방향으로 출발한 그는 걸음을 재촉했다. 태양을 보니 벌써 새참 시간에 가까운데 세 번째 방향으로는 고작 2베르스타 정도 왔을 뿐이었다. 언덕까지는 여전히 15베르스타였다. '안 돼, 땅이 비뚤게 되더라도 곧장 가서 제시간에 도착해야 돼. 더 가질 필요 없어. 땅은 이 정도로도 많아.' 파홈은 급히 구덩이를 파고 쉬한 언덕을 향해 곧장 방향을 틀었다.

9

파홈은 쉬한 언덕을 향해 곧장 갔으며 이제 힘겨워지기 시작했다. 땀을 한없이 흘리고, 맨발은 수없이 베고 부딪히고, 다리는 휘청거리기 시작했다. 쉬고 싶었지만 해 지기 전까지 못 갈 수도 있다는 생각에 그럴 수 없었다. 태양은 기다려 주지 않고 점점 더 떨어졌다. '아, 내가 실수한 게 아닐까,' 파홈은 생각했다. '너무 많이 가진 게 아닐까? 시간 안에 가지 못하면 어쩌지?' 그는 앞에 있는 쉬한 언덕을 바라보고, 태양을 바라봤다. 도착점까지는 먼데 태양은 땅끝에서 멀지 않았다.

그렇게 파홈은 힘겹게 걸었고, 계속해서 걸음을 재촉하고 재촉했다. 가고 또 가도 아직 멀었다. 그는 슬슬 달리기 시작했다. 겉옷과 부츠, 물병, 모자를 내던지고 삽만 들고 삽에 몸을 의지하며 갔다. '아, 내가 욕심을 냈어.' 파홈은 생각했다. '일을 다 망쳐 버렸어, 해 지기 전까지 못 갈 거야.' 그리고 두려움 때문에 더욱 숨이 막혔다. 파홈은 달렸다. 땀이 나서 셔츠와 바지가 몸에 달라붙고 입안은 바싹 말랐다. 가슴은 대장간 풀무처럼 부풀어 오르고, 심장이 방망이질 치고, 다리는 제 것이 아닌 양 무릎이 꺾였다. 파홈은 무서워졌다. '혹사돼서 죽지나 말아야 할 텐데.'

그는 죽을까 무서웠지만 멈출 수 없었다. '내가 얼마나 달려왔는데, 여기서 멈춘다면 바보 소릴 듣겠지.' 달리고 달려 어느덧 가까워지자 소리가 들렸다. 바시키르 사람들이 그를 향해 소리치자 그 함성 소리에 심장이 더 세게 요동쳤다. 파홈은 마지막 남은 힘을 다해 달렸고, 곧 땅끝에 닿으려 하는 태양은 안개에 묻혀서 커다랗고 피처럼 새빨개졌다. 이제 곧 질 것이다. 태양도 가깝고, 도착점도 어느새 멀지 않았다. 파홈은 사람들이 쉬한 언덕에서 그를 향해 손을 흔들며 재촉하는 게 보였다. 땅 위에 놓인 여우털 모자가 보이고 그 위에 놓인 돈이 보였다. 두 손을 배에 얹은 채 땅에 앉아 있는 족장이 보였다. 파홈은 꿈이 떠올랐다. '땅은 많은데 하나님이 날 그 땅에서 살게 하실까. 아아, 내가 스스로 망친 거야. 더는 못 가겠어.'

파홈은 태양을 바라봤다. 태양은 땅끝까지 내려왔고, 끄트머리는 이미 숨어서 동그랗게 파여 있었다. 파홈은 마지막 힘

사람에게 땅이 많이 필요한가?

을 끌어올려서 몸을 앞으로 내밀고 간신히 쓰러지지 않으며 발을 내딛었다. 그가 쉬한 언덕에 다다르자 갑자기 어두워졌다. 뒤돌아보니 해가 벌써 넘어갔다. 파홈은 탄식했다. '헛수고가 돼버렸어.' 그가 멈춰 서려고 하자 바시키르인들이 여전히 고함치는 게 들렸다. 그리고 떠오른 생각이, 아래쪽에 있는 그에겐 해가 진 걸로 보이지만 쉬한 언덕에서는 아직 해가 진 게 아니었다. 파홈은 한 숨을 후우 내쉬고는 쉬한 언덕으로 뛰어올랐다. 언덕은 아직 밝았다. 파홈이 언덕을 뛰어오르자 모자가 보였다. 모자 앞엔 족장이 앉아서 두 손으로 배를 움켜쥐고 깔깔거렸다. 꿈이 떠오른 파홈은 탄식했고, 다리가 꺾이면서 앞으로 쓰러졌는데 손으로는 모자를 잡았다.

"이야, 잘했소!" 족장이 소리쳤다. "땅을 많이 가지게 됐군!"

파홈의 일꾼이 달려와 그를 일으키려고 했다. 그런데 입에서 피가 흘렀고 그는 이미 죽은 상태였다.

바시키르 사람들은 혀를 차며 안타까워했다.

일꾼이 삽을 들어 파홈의 머리부터 발끝까지 딱 3아르신* 의 무덤을 파고는, 그를 묻었다.

(1886년)

---

* 약 213cm. 1아르신=71.12cm.

한가한 사람들의 대화*

БЕСЕДА ДОСУЖИХ ЛЮДЕЙ

---

* 이 작품은 중편 「빛이 있을 때 빛 가운데 다니라」의 서문으로 쓰인 것이다.

한번은 부유한 집에 손님들이 모였다. 그리고 인생에 대한 진지한 대화를 나누게 되었다.

자리에 없는 사람들에 대해서도, 자리한 사람들에 대해서도 이야기했지만 자신의 삶에 만족하는 사람은 단 한 명도 찾을 수 없었다.

어느 누구도 행복을 자랑할 수 없었음은 물론이고, 자신이 그리스도인으로서의 마땅한 삶을 살고 있다고 생각하는 사람도 없었다. 모두가 자기 자신과 자신의 가족만을 보살피며 세속적인 인생을 살고 있고, 이웃에 대해 생각하지 않으며, 하나님에 대한 생각은 더더욱 하지 않는다고 고백했다.

손님들은 서로 이런 이야기를 나누었고 자신들의 삶이 하나님이 배제된 비기독교적인 것임을 스스로 꾸짖으며 인정했다.

"우린 왜 이렇게 사는 걸까요?" 청년이 소리를 높였다. "스스로 허용하지 않는 것을 왜 하는 걸까요? 자신의 삶을 바꿀 힘이 우리에겐 없는 걸까요? 우린 자각하고 있어요. 우리를 망하게 하는 것은 우리의 사치, 나약함, 부, 그리고 무엇보다 우리의 교만함, 형제들로부터 자신을 구분 짓는 것임을요. 명문이 되고 부유해지기 위해 인생에 기쁨을 주는 모든 것을 자신에게서 박탈해야 되고, 도시에 빽빽하게 모여 살면서 스스로를 연약하게 만들고 건강을 망치고, 또 온갖 오락을 즐김에도 불구하고 지루해서 죽고, 우리 인생이 이런 모습은 아니어야 한다며 후회로 죽지요.

대체 왜 이렇게 살아야 하나요? 왜 이렇게 인생 전체를, 하나님에게서 받은 모든 복을 망쳐야 되죠? 전 예전처럼 살고 싶지 않아요. 하고 있는 공부를 그만두겠어요. 왜냐면 그것이 다른 게 아닌, 지금 우리 모두가 불평하고 있는 바로 그 괴로운 인생으로 저를 인도하기 때문이에요. 재산도 포기하고 시골에 가서 가난한 사람들과 살 거예요. 그들과 함께 일하면서 몸으로 일하는 법을 배우고, 만일 가난한 자들에게 제 지식이 필요하다면 전해 줄 겁니다. 다만 어떤 기관이나 책을 통해서가 아니라 직접 그들과 형제로 지내면서요. 네, 저는 결심했어요." 그가 그곳에 있던 자신의 아버지에게 의문에 찬 눈길을 보내며 말했다.

"네가 바라는 것이 선한 게 맞다." 아버지가 말했다. "하지만 경솔하고 무모하구나. 모든 게 그리 쉽게 여겨지는 이유는 네가 인생을 알지 못해서야. 좋아 보이는 게 다가 아니다! 그 좋은 것을 실행하기가 아주 어렵고 복잡하다는 게 문제지. 익숙한 길을 제대로 가는 것도 어려운데 새 길을 놓는 것은 더욱 어려워. 충분히 성숙하고 인간이 갖춰야 할 모든 걸 갖춘 사람들만이 새로운 길을 놓을 수 있어. 새로운 인생길이 쉽게 느껴지는 것은 네가 아직 인생을 이해하지 못해서다. 그게 다 젊음의 경솔함과 교만함이야. 우리 나이 든 사람들이 그래서 필요해. 너희들의 충동을 가라앉히고 우리의 경험으로 지도하기 위해서. 그리고 너희 젊은이들은 우리의 경험을 잘 활용하려면 우리에게 순종해야 한다. 네가 적극적으로 활동해야 할 삶은 아직 저 앞에 있고. 지금은 자라고 성장하는 시기야. 교육을 받고 충분히 배우거라. 자신의 발로 일어서고. 자신만의 확고한 신념을 갖춰. 그러고 나서 새 인생을 시작해. 그럴만한 힘이 있다고 느낀다면 말이지. 지금은 네게 행복을 바라며 널 지도하는 사람들에게 순종해야 돼. 새로운 인생길을 펼칠 때가 아니야."

청년은 침묵했고, 나이 많은 사람들은 아버지의 말에 동의했다.

"당신 말이 옳아요." 청년의 아버지에게 중년의 기혼자가 말했다. "사실. 인생 경험이 없는 청년은 새로운 인생길을 찾으려다 실수할 수 있지요. 결심도 확고하지 않을 수 있고요. 하지만 우리네 인생이 양심에 반하고 있으며 복을 주지 않는다는 것엔 모두 동의하고 있잖습니까. 그러니 이런 인생에서 벗어나고 싶다는 바람이 정당하다고 인정하지 않을 수 없어요.

청년은 자신의 염원을 이성에 따른 결론이라고 여길 수 있지요. 저는 청년은 아니지만 제 자신에 대해 말씀드리자면, 오늘 저녁의 대화를 들으면서 저도 같은 생각이 들었습니다.

제가 살아가는 이 삶이 양심의 평안과 행복을 줄 수 없다는 게 저로서는 분명하단 겁니다. 이 점은 제 이성과 경험 모두가 보여 주고 있지요. 그렇다면 전 뭘 기다리는 걸까요? 아침부터 저녁까지 가족을 위해 분투하는데 결과적으로는 저도 제 가족도 하나님의 뜻대로 살지 않고 점점 더 죄악 속에 빠져들고 있어요. 가족을 위해 애쓰지만 그게 가족에게 좋지도 않아요. 그들을 위해 하는 일이 복된 게 아니기 때문입니다. 그래서 자주 드는 생각이 제가 제 인생 전부를 바꾸고 젊은이가 말한 바로 그것, 즉 아내와 아이들 보살피기를 멈추고 영혼에 대해서만 생각한다면 더 나아지지 않을까 하는 겁니다. '혼인한 자는 아내를 위해 마음을 쓰고, 혼인하지 않은 자는 하나님을 위해 마음을 쓴다'*라는 바울의 말이 괜한 게 아니에요."

이 기혼자가 말을 마치기도 전에 그곳에 있던 모든 여자들과 그의 아내가 그에게 달려들었다.

"그런 거에 대해선 더 일찍 생각했어야죠." 나이 많은 여자들 중에 한 명이 말했다.

"멍에를 맸으면 지고 가야 해요. 가족을 이끌며 먹여 살리는 게 힘겹게 느껴지면 누구든 벗어나고 싶다고 말할 겁니다. 그건 속이는 거고 비열한 거예요. 아니지요, 사람은 가정 안

---

* 고린도전서 7장 32-33절에 기록된 사도 바울의 말.

에서 하나님의 뜻대로 살 줄 알아야 돼요. 혼자 벗어나는 거야 쉬워요. 게다가 그렇게 행동하는 것은 그리스도의 가르침에도 어긋나요. 하나님께서 타인을 사랑하라고 명하셨는데 당신은 하나님을 위한다면서 다른 사람들을 모욕하려 들잖아요. 아니지요. 혼인한 남자에겐 특정한 의무가 있고 그 의무를 회피해선 안 돼요. 가족들이 벌써 자립했다면야 다른 문제지만. 그때는 자신이 원하는 대로 하세요. 그 누구도 가정에 폭력을 휘두를 권리는 없어요."

하지만 기혼자는 이에 동의하지 않았다. 그가 말했다. "가족을 버리고 싶다는 게 아니에요. 제가 드리는 말씀은 가족과 아이들을 세속적으로 이끌어서 자신의 욕망을 위한 삶에 익숙해지도록 하면 안 된다는 겁니다. 우리가 여태 말했듯이 아이들이 어릴 때부터 빈곤과 노동, 사람들을 돕는 것, 무엇보다 모든 이들과 형제처럼 지내는 삶에 익숙해지도록 이끌어야 돼요. 그런데 그러기 위해선 신분과 부를 버려야 되지요."

"자기도 하나님 뜻대로 못 살면서 다른 사람들까지 괴롭힐 필요는 없어." 그의 아내가 격하게 말했다. "당신은 어릴 때부터 자신의 만족을 위해 살아왔으면서 당신 애들이나 가족은 뭐 때문에 괴롭히려는 건데? 안정되게 크도록 내버려 둬, 나중에 자기들이 원하는 게 있다면 스스로 할 거니까 당신이 강요하지는 마."

기혼자는 입을 다물었다. 그런데 같이 있던 한 노인이 그의 편을 들었다.

"결혼한 남자가 가족을 풍족함에 길들여지게 하고는 갑자기 그 모든 걸 박탈해서는 안 된다고 칩시다. 사실, 아이들을 양육하기 시작했다면 다 깨부수기보다는 그냥 그렇게 끝까지 가는 게 좋아요. 더군다나 다 큰 아이들은 자신에게 가장 좋은 길을 스스로 찾아서 선택할 겁니다. 저도 가족이 있는 사람이 자신의 인생을 새롭게 바꾸는 것이 어렵다는 데에, 아니 죄 없이는 불가능하다는 것에 동의합니다. 그러나 우리 늙은 이들에게는 하나님이 이것을 명하셨어요. 저에 대해 말씀드리죠. 저는 지금 아무런 의무 없이 살고 있답니다. 솔직히 말씀드리면 오로지 제 자신의 배를 위해 살아요. 먹고 마시고 쉬고. 스스로도 수치스럽고 혐오스럽습니다. 그러니 저는 이런 삶을 버릴 때가 됐어요. 재산을 나눠 주고 죽기 전에나마 하나님이 그리스도인에게 명하신 삶을 살아야지요."

사람들은 노인의 말에도 동의하지 않았다. 그곳엔 그의 조카딸도, 대녀代女도 있었는데 그가 대녀의 아이들에게도 대부代父가 되어서 축일마다 선물을 주고 있었다. 또 노인의 아들도 있었다. 그들이 전부 반박했다.

"아니오." 아들이 말했다. "아버지는 평생을 일하셨어요. 그러니까 쉬셔야 되고 스스로를 괴롭혀선 안 돼요. 60년을 습관을 따라 사셨는데 그것들을 놓아 버리면 안 되지요. 괜히 헛되게 자신을 괴롭히시는 거예요."

"맞아요, 맞아." 조카딸이 확언했다. "빈곤해지면 기분도 안 좋으실 거고 투덜대다가 죄만 더 많이 지으실 거예요. 하나님은 자비로우셔서 죄인들을 다 용서하시잖아요. 작은아버지처럼 선한 사람뿐만 아니라요."

"게다가 우리한테 그게 무슨 소용이야?" 작은아버지와 동년배인 다른 노인이 덧붙였다. "자네랑 나는 어쩌면 이제 이틀이나 살까 몰라. 뭐 하러 일을 꾸미려 해?"

"정말 놀랍군요!" 손님들 중에 한 명이 말했다(그는 여태껏 말이 없었다). "정말 놀라워요! 다들 하시는 말씀이, 하나님의 뜻대로 사는 게 좋은 건데 우리는 나쁘게 살고 있으니 영적으로도 육체적으로도 괴롭다고 하세요. 근데 막상 실제적으로 들어가니까 나오는 결론은 아이들을 힘들게 하면 안 되기 때문에 하나님 뜻대로가 아니라 예전처럼 양육해야 된다고 하세요. 젊은이들은 부모의 뜻을 거스르면 안 되니까 하나님 뜻대로가 아니라 예전처럼 살아야 되고요. 결혼한 사람들은 아내와 아이들에게 심한 변화를 겪게 하면 안 되니까 하나님 뜻대로가 아니라 예전처럼 살아야 돼요. 노인들은 시작할 필요도 없는 것이, 그럴 만한 습관도 안 들었고 살날이 이틀밖에 안 남았으니까요. 결론은 누구도 좋은 삶을 살아선 안 되고, 말만 할 수 있는 거군요."

(1893년)

세 가지 비유

ТРИ ПРИТЧИ

첫 번째 비유
ПЕРВАЯ ПРИТЧА

좋은 목초지에 잡초가 자라났다. 그래서 목초지 소작인들이 잡초를 없애려고 베어 냈지만 잡초는 이로 인해 더욱 늘어났다. 한번은 선하고 지혜로운 주인이 목초지 소작인들을 방문해서 그들에게 여러 지침들을 일러 주었고, 또 잡초를 베면 더욱 번식하게 되니 뿌리째 뽑아야 한다고 말했다.

하지만 선한 주인이 일러 준 여러 지침 중에 잡초를 베지 말고 뽑으라는 지침을 소작인들이 기억 못했기 때문인지, 주인의 말을 이해하지 못했기 때문인지, 아니면 자신들의 방식을 고수하느라 실행하지 않았기 때문인지, 결과는 이렇게 되었다. 잡초를 베지 말고 뽑으라는 지침은 마치 아예 없었던 것처럼 이행되지 않았고, 사람들은 계속해서 잡초를 베어 내서 늘어나게 했다. 그리고 그다음 해가 되어 선하고 지혜로운 주인의 지침을 목초지 소작인들에게 상기시켜 준 사람들이 있었으나 그들의 말도 듣지 않고 계속해서 예전대로 할 뿐이었다. 잡초가 보이면 곧장 베어 내는 게 관습만이 아니라 성스러운 구전이 되었으며, 목초지는 더더욱 잡초로 뒤덮여 갔다. 그리고 이제 잡초만 남은 지경이 되자 사람들은 울먹이며 상황을 개선해 보고자 온갖 방법을 생각해 냈지만 단 하나,

선하고 지혜로운 주인이 오래전에 제안했던 방법은 쓰지 않았다. 그런데 목초지의 안타까운 상황을 보고, 또 잡초는 베는 게 아니라 뽑아야 한다는 주인의 지침을 발견한 한 사람이 목초지 소작인들에게 최근에 다시 상기시켜 주기를, 그들이 어리석게 행동해 왔고 그 어리석음을 선하고 지혜로운 주인이 이미 오래전에 일러 주었다고 했다.

그래서 어떻게 됐을까? 목초지 소작인들은 이 사람이 상기시켜 준 말이 합당한지 확인해서 그 말이 맞을 경우 잡초 베기를 중단하거나, 맞지 않다면 그가 상기시켜 준 말이 틀렸음을 증명하거나, 혹은 선하고 지혜로운 주인의 지침은 근거가 부족하고 자신들에게 필수적이지 않다고 간주하거나 하는 대신, 이것도 저것도 아무것도 하지 않고 그 사람이 상기시켜 줬다는 것 자체에 심술이 나서 그를 욕하기 시작했다. 그들은 그 사람이 자기 혼자만 주인의 지침을 이해한 것처럼 군다며 그를 정신 나간 거드름쟁이라고 불렀고, 어떤 이들은 악한 거짓 해설자나 비방자라고 했다. 또 어떤 이들은 그가 자기의 말을 한 게 아니라 모두에게 존경받는 지혜로운 주인의 지침을 상기시켜 준 것뿐임을 잊고서 그가 지독한 풀을 퍼뜨려서 사람들이 목초지를 잃게 되기를 바라는 악독한 사람이라고 했다. "그 사람은 잡초를 베면 안 된다고 하는데 만약 우리가 잡초를 박멸하지 않으면," 그들은 그 사람이 잡초를 박멸하면 안 된다고 한 게 아니라 베지 말고 뽑아야 된다고 한 것을 일부러 감추며 말했다. "잡초가 무성해져서 우리 목초지를 아예 삼켜 버릴 거야. 잡초를 키울 거라면 목초지가 우리한테 왜 필요하겠어?" 그리고 그 사람이 미치광이거나, 거짓 해설자이거나, 사람들에게 해를 끼치는 자라는 의견이 확고해져서 모두가 그를 욕하고 모두가 그를 비웃었다. 그는 자신이 원하는 것은 결코 잡초를 번식시키는 게 아니며, 반대로, 선하고 지혜로운 주인처럼 자신도 잡초를 박멸하는 것이 농부가 해야 할 가장 중요한 일들 중에 하나라고 생각하며, 자신은 그저 주인의 말을 상기시켰을 뿐이라고 해명하고 싶었다. 그러나 아무리 말을 해도 들어주지 않았다. 왜냐하면 이 사람은 정신 나간 거드름쟁이요, 선하고 지혜로운 주인의 말을 왜곡하는 자요, 혹은 잡초를 박멸하는 게 아니라 잡초를 보호하고 되살리려는 악한 자라고 완전히 낙인이 찍혔기 때문이다.

같은 일이 내게도 일어났다. 악에 폭력으로 맞서면 안 된다는 복음의 가르침을 제시했을 때이다. 이 규율은 그리스도께서 설파하셨고, 그분 이후로는 각 시대의 진실한 제자들에 의해 전파되었다. 하지만 사람들이 이 규율을 기억하지 못했기 때문인지, 그것을 이해하지 못했기 때문인지, 아니면 이 규율을 이행하는 것이 지나치게 어렵게 느껴졌기 때문인지 시간이 흐를수록 이 규율은 점점 잊혀 가고, 사람들의 생활양식도 이 규율에서 점점 더 멀어져서 이젠 마침내 이 규율이 뭔

톨스토이 단편선

가 새롭고, 들어보지 못하고, 이상하고, 더 나아가 어리석은 것으로 여겨지는 지경에 이르렀다. 그리고 선하고 지혜로운 주인이 오래전에 일러 주었던 지침, 잡초를 베어선 안 되고 뿌리째 뽑아야 한다는 지침을 제시했던 그 사람에게 일어난 일이 내게도 똑같이 일어났다.

목초지 소작인들은 그의 조언이 잡초를 박멸하지 말아야 한다는 게 아니라 잡초를 현명한 방식으로 박멸하는 데 있었다는 점을 고의적으로 감추고는 '우린 이 사람의 말을 듣지 않겠다. 이 미치광이는 잡초를 벨 게 아니라 재배하라고 한다.'고 말했다. 그처럼 나의 말에도, 그리스도의 가르침대로 악을 박멸하려면 폭력으로 그것에 맞서면 안 되고 사랑으로써 뿌리째 박멸해야 한다는 나의 말에도 '우린 이 사람의 말을 듣지 않겠다. 이 미치광이는 악이 우리를 짓밟게 하려고 악에 맞서지 말라고 권한다.'라고 했다.

나는, 그리스도의 가르침에 따르면 악은 악으로써 근절될 수 없고 악에 저항하는 그 어떤 폭력도 악을 더욱 증가시킬 뿐이며, 그리스도의 가르침에 따르면 악은 선으로써 근절된다고 말했다. "너희를 저주하는 사람들을 축복하고 너희를 모욕하는 사람들을 위해 기도하라. 너희의 원수를 사랑하라. 너희를 미워하는 사람들에게 잘 대해 주어라." 그리하면 너희

---

* 누가복음 6장 27, 28절.

에게 원수가 없을 것이다." 나는, 그리스도의 가르침에 따르면 인간의 삶 전체가 악과의 싸움이고 이성과 사랑을 통한 악에의 저항이며, 악에 맞서는 모든 방법들 중에 그리스도께서 제외하신 단 한 가지의 어리석은 방법이 폭력으로써 악에 맞서는 것인데, 그것은 악과의 싸움을 같은 악으로 하는 것이기 때문이라고 했다.

그런데 이런 내 말이, 마치 그리스도께서 악에 대항할 필요가 없다고 가르치셨다는 것처럼 이해되었다. 그래서 자신의 인생 기반을 폭력에 두고, 그렇기에 폭력이 귀중한 자들은 곡해된 나의 말과 더불어 곡해된 그리스도의 말씀을 흔쾌히 받아들였고, 악에 맞서지 말라는 가르침은 그릇되고 터무니없고 비신앙적이고 악독한 것으로 간주되었다. 그리고 사람들은 악을 박멸하는 척하면서 악을 생산하고 늘려가기를 차분히 지속하고 있다.

두 번째 비유
ВТОРАЯ ПРИТЧА

사람들이 밀가루, 버터, 우유와 갖가지 식료품을 팔고 있었다. 다른 사람보다 더 많은 이윤을 얻고 더 빨리 부자가 되고 싶었던 사람들은 값싸고 해로운 여러 혼합물을 자신의 제품에 점점 더 많이 섞어 넣기 시작했다. 밀가루에는 밀기울과 석회가루를 부었고, 버터에는 마가린을 넣었고, 우유에는 물과 석고를 넣었다. 제품이 소비자에게 이르기 전까지는 모든 게 좋았다. 도매상들은 소매상들에게 팔고, 소매상들은 잡상인들에게 팔았다.

저장고와 작은 가게들이 많았고 장사도 매우 잘되는 것 같았다. 상인들도 만족스러웠다. 하지만 도시의 소비자들에겐, 자신이 먹을 식료품을 직접 생산하지 않아서 구매를 해야만 하는 사람들에겐 매우 좋지 않았고 해로웠다.

밀가루도 좋지 않았고, 버터와 우유도 좋지 않았다. 그러나 도시의 시장에는 혼합물이 섞인 제품밖에 없었기 때문에 도시의 소비자들은 이런 제품을 계속해서 구매했고, 음식이 맛이 없고 몸이 건강하지 못한 것은 자신들의 탓이며 요리를 잘 못해서라고 생각했다. 상인들은 점점 더 많은 양의 값싼 첨가물을 지속적으로 식료품에 섞었다.

이렇게 꽤 오랜 시간이 흘렀다. 도시 주민들 모두가 괴로웠으나 아무도 자신의 불만을 표할 엄두를 내지 못했다.

한번은 집에서 직접 만든 식료품으로 가족을 먹이며 생활하던 한 여자가 도시에 오게 되었다. 그녀는 평생 음식 만드는 일을 해왔고 비록 유명한 요리사는 아니었지만 빵을 아주 잘 굽고 요리를 아주 맛있게 할 줄 알았다.

이 여자가 도시에서 식료품을 사서 빵을 굽고 요리를 하기 시작했다. 빵은 제대로 구워지지 않고 흐물흐물했다. 마가린이 섞인 버터에 구워 낸 납작빵도 맛이 없었다. 우유를 놔두었으나 크림이 생기지 않았다. 여자는 식료품의 질이 좋지 않다는 걸 곧바로 알아챘다. 식료품을 자세히 살펴보자 예상대로였다. 밀가루에서 밀기울을, 버터에서 마가린을, 우유에서 석고를 발견한 것이다. 모든 제품에 속임수가 쓰였음을 본 그녀는 시장에 나가 큰 소리로 상인들의 잘못을 폭로했으며, 가게에 좋고 영양가 있고 성한 제품을 내놓든지 장사를 그만두고 가게를 닫든지 하라고 요구하기 시작했다. 하지만 상인들은 이 여자에게 전혀 관심을 기울이지 않았고, 그저 자신들의 상품은 1등급이며 온 도시가 이미 오랫동안 자신들의 제품을 구매하고 있고 메달도 받았다며 그녀에게 진열된 메달들을 보여 줬다. 하지만 여자는 물러나지 않았다.

"난 메달 같은 건 필요 없어요." 그녀가 말했다. "나랑 내 아이들이 먹고 배가 안 아픈 그런 건강한 식품이 필요해요."

"이봐요, 어머니, 당신이 진짜 밀가루랑 진짜 버터를 못 본 것 같네요." 상인들이 니스칠이 된 저장고에 담겨 있는, 보기에는 깨끗하고 하얀 밀가루를 가리키며, 또 예쁜 접시에 놓인, 버터를 닮은 노란 것을 가리키며, 또 빛나는 투명 그릇에 담긴 하얀 액체를 가리키며 말했다.

"내가 모를 리 없어요." 여자가 말했다. "평생 이 일만 했고, 내가 직접 만들어서 아이들이랑 먹어 왔으니까요. 당신네 상품들은 성하지 않아요. 이게 바로 그 증거지요." 그녀가 망쳐 버린 빵과 납작빵 속의 마가린과 우유의 침전물을 보여 주며 말했다. "당신네 물건들은 죄다 강에 던져 버리든 태워 버리든 하고 대신에 좋은 상품을 내놔야 돼요!" 여자는 가게 앞에 서서 다가오는 구매자들에게 쉴 새 없이 같은 말을 외쳤고, 구매자들은 동요하기 시작했다.

그러자 이 몹쓸 여자가 장사에 해를 끼치는 걸 본 상인들이 구매자들에게 말했다. "여러분, 이 실성한 여자를 좀 보세요. 사람들이 굶어 죽기를 바라고 있어요. 식료품을 전부 강물에 던지든지 태워 버리라고 하네요. 우리가 이 여자의 말을 듣고 여러분에게 식료품을 팔지 않으면 여러분은 뭘 먹고 사나요? 저 여자 말은 듣지 마세요. 거칠기만 한 촌뜨기 아낙이 식료품에 대해 알지도 못하면서 괜히 시기심에 우리를 공격하는 겁니다. 저 여자는 가난해서 다들 자기처럼 가난해지기를 바라는 거예요."

상인들은 모여든 무리를 향해 이렇게 말했고, 여자가 바라는 것이 식료품을 없애는 게 아니라 나쁜 것을 좋은 것으로 바꾸는 것이었음을 고의로 말하지 않았다.

그러자 무리가 여자를 공격하며 욕하기 시작했다. 여자는 자신이 원하는 것은 식료품을 버리는 게 아니라 오히려 그 반대이며, 평생 식료품을 직접 만들어 자신도 먹고 가족들도 먹여 왔고, 식료품을 책임지는 사람들이 음식처럼 보이는 해로운 물질로 사람들을 독살하지 않기를 바란다고 했다. 하지만 그녀가 아무리 말을 해도, 무슨 말을 해도 들어주지 않았다. 왜냐하면 사람들에게 필수적인 음식을 이 여자가 빼앗으려 한다고 낙인이 찍혔기 때문이다.

같은 일이 내게도 일어났다. 우리 시대의 학문과 예술에 대한 태도로 인해서이다. 좋으나 나쁘나 나는 평생을 이 음식으로 살아왔고 할 수 있는 한 다른 사람들에게도 먹이고자 애써 왔다. 내게는 이것이 장사나 사치의 대상이 아니라 음식이기 때문에 무엇이 진짜 음식이고, 무엇이 그저 음식을 닮은 것인지 확실히 알고 있다. 그런데 이 시대의 지식 시장에서 학문과 예술의 형태로 팔리기 시작한 그 음식을 먹어 보고, 또 그것을 사랑하는 이들에게도 먹여 본 나는 다수의 음식이 진짜가 아님을 발견했다. 그래서 내가 말하길, 지식 시장에서 팔리고 있는 학문과 예술이 마가린 같은 것이고 혹은 최소한, 참된 학문과 참된 예술과는 거리가 먼 혼합물이 대량 섞여 있으며, 그렇다는 것을 아는 이유는 지식 시장에서 사온 제품들이 내가 먹기에도, 가까운 이들이 먹기에도 불편한 것으로 드러났기 때문이며, 먹기에 불편할 뿐만 아니라 아예 해로웠다고 했다. 그러자 내게 소리를 지르고 고함을 치고, 이런 일이 일어나는 이유는 내가 박식하지 않아서 그런 고상한 문제들을 다룰 줄 모르기 때문이라며 날 설득하기 시작했다. 나는 상인들 스스로가 이런 지식 상품을 통해 서로의 속임수를 끊임없이 폭로하고 있음을 증명하기 시작했고, 각 시대마다 학문과 예술의 이름으로 해롭고 나쁜 것들이 수없이 권장돼 왔으며, 그렇기에 우리 시대도 바로 그러한 위험 앞에 놓여 있고, 이것은 농담 같은 일이 아니며, 정신에 미치는 해악은 육체에 미치는 해악보다 몇 배나 더 위험하고, 그렇기 때문에 음식의 형태로 권해지는 정신적인 상품들에 대단한 관심을 기울이며 연구해야 하고, 가짜이자 해로운 모든 것들을 애써 내던져야 한다고 했다. 내가 이런 말을 하기 시작하자 아무도, 아무도, 그 어떤 사람도, 그 어떤 기사나 책에서도 나의 이런 논거에 반박하지 않았으며, 그 여자에게 그랬던 것처럼 모든 상점에서 소리를 지르기 시작했다. "저 사람은 미치광이예요! 저 사람은 우리가 살아가는 조건이 되는 학문과 예술을 없애 버리려고 합니다. 저 사람을 무서워하세요, 말도 듣지 마세요! 우리한테 오십시오, 우리한테! 우리한테 최신 외제품이 있답니다."

세 번째 비유

나그네들이 걷고 있었다. 그런데 길을 잃어서 더 이상 평평한 지대로 가지 못하고 앞을 가로막는 습지와 관목들, 가시덤불과 쓰러진 나무들을 지나쳐야 했고, 이동하는 게 점점 더 힘겨워졌다.

그러자 나그네들은 두 파로 나뉘었다. 한쪽은 멈추지 않고 계속해서 지금 가는 방향대로 곧장 가기로 결정했고, 자신들은 올바른 방향에서 벗어난 게 아니며 어쨌든 여행의 목적지에 이르게 될 것이라고 스스로와 다른 사람들을 설득했다. 또 한쪽은 지금 가고 있는 방향이 맞았다면 진작 목적지에 도착했을 텐데 그렇지 않은 걸 보니 틀린 방향이 분명하고, 그러니 길을 찾아야 하는데 길을 찾기 위해선 멈추지 말고 가능한 빨리 사방으로 움직여야 한다고 했다. 나그네들은 전부 이 두 가지 의견으로 갈려서 한 부류는 계속해서 곧장 가기로, 또 한 부류는 사방으로 다녀 보기로 했다. 그런데 이 의견에도 저 의견에도 동의하지 않는 한 사람이 있었다. 그는 말하길, 지금껏 걸어왔던 방향대로 계속 가기 전에, 혹은 이렇게 하면 진짜 방향을 찾을 수 있을 거라는 기대에 차서 황급히 사방으로 움직이기 전에 무엇보다 필요한 것은 멈춰서 우리의 상황을 헤아리고, 그런 다음에야 이런저런 결정을 내려야 한다고 했다. 하지만 나그네들은 움직이고 싶어서 안달이었고, 그들이 처한 상황에 겁을 먹었으며, 또 자신들은 길을 잃은 게 아니라 잠깐 길에서 벗어난 것뿐이지 곧 다시 길을 찾으리라는 희망으로 스스로를 위로하고 싶었고, 무엇보다 움직임으로써 자신들의 두려움을 잠재우고 싶었다. 그래서 이 의견은 첫째 부류와 둘째 부류 모든 사람들로부터 불만과 비난과 비웃음을 사게 됐다.

"그건 나약함과 두려움, 게으름에서 나온 조언이오." 어떤 이들이 말했다.

"여행의 목적지에 이르는 좋은 방법이란 게, 자리에 앉아서 움직이지 않는 거라니!" 다른 이들이 말했다.

"장애물을 이겨 내며 싸우고 애쓰는 게 우리 인간이고, 그러기 위해 우리에게 힘이 주어졌소. 무기력하게 복종하기 위해서가 아니란 말이오." 또 다른 이들이 말했다.

그러자 다수에서 분리된 사람은 잘못된 방향을 바꾸지 않고 계속 이대로 움직이면 목적지에 가까워지는 게 아니라 멀어질 것이며, 이쪽저쪽으로 급히 다녀도 역시 목적지에 도달하지 못할 게 분명하며, 목적지에 이르는 유일한 방법은 태양이나 별들의 위치를 보고 어떤 방향이 목적지로 인도하는지 파악해서 방향을 선택한 다음에 가는 것이며, 그렇게 하려면 무엇보다 먼저 멈춰야 하는데 가만히 있으려고 멈추는 게 아니라 진짜 길을 찾아내어 이후 부단히 가기 위해서이며, 이 모든 걸 위해서는 우선 멈춰 서서 냉정을 되찾아야 한다고 했다. 하지만 그가 아무리 말을 해도 사람들은 듣지 않았다.

첫째 부류의 나그네들은 원래 가던 방향대로 곧장 갔고, 둘째 부류는 사방으로 갈팡질팡했는데 둘 다 목적지에 가까워지기는커녕 관목과 가시덤불을 벗어나지 못한 채 아직도 헤매고 있다.

아주 똑같은 일이 내게도 일어났다. 우리가 가고 있는 길에 대한 의심을 말하고자 했을 때이다. 노동 문제의 어두운 숲으로, 끝도 없이 민중을 무장시키도록 우리를 빨아들이는 이 늪으로 들어서게 한 길은 우리가 가야 할 길이 전혀 아니며, 우리가 길을 잃었을 가능성이 매우 크고, 그러므로 확실히 잘못된 이 움직임을 잠시 멈추고, 우리에게 계시된 공통되고 영구한 진리의 출발점에 비추어 보며 우리가 가고자 했던 방향대로 가고 있는지 우선 판단해야 되지 않겠냐고 했다. 그러나 아무도 이 질문에 대답하지 않았고, 아무도 우리는 방향을 잘못 잡은 것도 길을 잃은 것도 아니며 이러이러하기 때문에 이 점에 대해 확신한다고 하지 않았다. 아무도 어쩌면 우리가 실수했을 수 있고 혹은 실수한 게 분명하지만 우리에겐 우리의 운동을 중단하지 않고도 실수를 만회할 확실한 방법이 있다고 하지 않았다. 아무도 이렇다 저렇다 말하지 않았다. 대신 모두가 화가 나고 골이 나서 나 하나의 목소리를 만장일치로 서둘러 덮어 버리려 했다. "우린 그렇잖아도 게으르고 뒤처져 있어요. 그런데 게으름, 무위, 비활동에 대한 설교라니요!" 어떤 이들은 심지어 '아무것도 안 하는 것'이란 말까지 덧붙였다. "저 사람 말은 듣지 마세요. 우리를 따라 앞으로 갑시다!" 뭐가 됐든 한번 선택했으면 바꾸지 말고 그 방향대로 가는 것에 구원이 있다는 사람들도 소리를 치고, 이리저리 급히 다니는 것에 구원이 있다는 사람들도 소리를 쳤다.

"왜 서 있어요? 왜 생각을 해요? 어서 앞으로 갑시다! 모든 건 저절로 될 겁니다!"

사람들은 길을 잃었고 그 때문에 고통을 겪고 있다. 아무래도 우리가 쏟았던 처음의 주요한 에너지를, 잘못된 상황으로 우릴 끌어들인 운동의 강화가 아니라 그것의 중단에 쏟았어야 했다. 아무래도 멈추고 난 후에야 어느 정도나마 우리의 상황을 이해할 수 있고, 우리가 가야 할 방향을 찾을 수 있음이 분명하다. 특정인과 특정 계층을 위한 것이 아닌 참된 복지, 모든 사람과 각 개인이 지향하는 인류 공통의 참된 복지에 도달하기 위해서 말이다. 그런데 어떠한가? 사람들은 온갖 것을 생각해 내면서도 자신을 구할 수 있는 단 한 가지, 구할 순 없더라도 상황을 나아지게 할 한 가지는 제쳐 놓는다. 그건 바로 잠시라도 멈추고, 재난을 더욱 강화시키는 잘못된 활동을 중단하는 것이다. 사람들은 자신이 처한 상황의 비참함을 느끼며 그것에서 벗어나고자 무엇이든 한다. 그러나 그들의 상황을 나아지게 할 이 한 가지만은 절대 하지 않으려하고, 그렇게 하라는 조언을 몹시 불쾌하게 여긴다.

우리가 길을 잃었다는 점에 의심의 여지가 있었을 것이다. 그러나 다시 생각해 보자는 조언에 대한 이런 태도가 우리가 얼마나 대책 없이 길을 잃었는지, 우리의 절망이 얼마나 큰지 명백히 증명하고 있다.

(1893-1895년)

지옥의 붕괴와 재건

РАЗРУШЕНИЕ АДА
И ВОССТАНОВЛЕНИЕ ЕГО

1

이것은 그리스도가 사람들에게 자신의 가르침을 전할 때 있었던 일이다.

가르침은 너무나 분명했고, 그것을 따르는 것은 너무나 쉬웠으며, 너무나 확실하게 사람들을 악으로부터 해방시켰기에 그것을 받아들이지 않을 수가 없었다. 그 무엇도 그 가르침이 온 세상에 퍼져 나가는 것을 막을 수 없었다. 그러자 모든 악마들의 아버지이자 통치자인 바알세불은 불안해졌다. 그는 만일 그리스도가 자신의 설교를 부정하지 않는다면 인간들에 대한 자신의 권력이 아주 끝장날 것임을 분명히 알았다. 그는 불안했지만 비관하지 않았다. 그리고 자신에게 순종적인 바리새파* 사람들과 율법학자들을 부추겨서 가능한 한 더욱 심하게 그리스도를 모욕하고 괴롭히도록 했고, 그리스도의 제자들에겐 그를 홀로 남겨 두고 도망치라고 조언했다. 그는 수치스러운 형벌 선고, 욕설, 제자들에게 버림받는 것, 그리고 마침내는 바로 그 고통과 형벌로 인해 그리스도가 마지

---

* 기원전 2세기에 일어난 유대교의 한 종파. 율법의 준수와 종교적인 순수함을 강조했으나 형식주의와 위선에 빠져 예수를 공격했다.

막 순간에 자신의 가르침을 부정할 것이라고 기대했다. 그러면 그 부정이 가르침의 모든 효력을 파괴할 것이다.

일의 결말은 십자가에서 결정되었다. 그리스도가 "내 하나님, 내 하나님, 어째서 나를 버리셨습니까?"*라고 외쳤을 때 바알세불은 뛸 듯이 기뻤다. 그는 그리스도를 위해 준비해 놓은 족쇄를 집어서 자신의 발에 걸고는, 그리스도에게 채웠을 때 벗겨지지 않도록 그것을 꼭 맞게 채웠다.

그런데 갑자기 십자가에서 "아버지, 저들을 용서해 주소서. 저들은 자기들이 하고 있는 일을 알지 못합니다."**라는 말이 들렸고, 곧이어 그리스도가 "다 이루었다!"***라고 외치더니 숨을 거두었다.

바알세불은 자신의 모든 게 사라졌음을 깨달았다. 발에서 족쇄를 벗고 도망치려 했지만 자리에서 움직일 수 없었다. 족쇄가 꼭 끼어서 그의 발을 붙들었다. 날아오르려고도 했지만 날개를 펼칠 수가 없었다. 바알세불은 그리스도가 밝은 광채에 휩싸여 지옥의 문에 선 것을 보았고, 아담으로부터 유다****에 이르는 죄인들이 지옥에서 나오는 것을 보았고, 악마들이 전부 도망치는 것을 보았고, 지옥의 벽들이 소리 없이 사방으

---

* 마태복음 27장 46절, 마가복음 15장 34절.
** 누가복음 23장 34절.
*** 요한복음 19장 30절.
**** 예수의 열두 제자 중 한 명으로 예수를 제사장들에게 팔아넘겼다.

로 무너져 내리는 것을 보았다. 그는 이 일을 더 이상 견딜 수 없었고, 날카로운 비명을 지르더니 지옥의 깨진 바닥 사이로 스올*에 떨어졌다.

2

100년, 200년, 300년이 흘렀다.

바알세불은 시간을 세지 않았다. 그는 흑암과 죽음의 정적 속에 꼼짝 없이 누워 있었다. 일어난 일에 대해 생각지 않으려고 애썼지만 어쩔 수 없이 생각하며 자신을 몰락시킨 범인을 힘없이 미워했다.

그런데 갑자기, ─그는 그때 이후로 몇백 년이 흘렀는지 기억하지도, 알지도 못했다─ 위쪽에서 발 구르는 소리, 신음 소리, 비명 소리, 이를 가는 소리 같은 게 들렸다.

바알세불은 고개를 들고 귀 기울여 듣기 시작했다.

그는 그리스도의 승리 후에 지옥이 재건될 수 있음을 믿지 않았지만 어쨌든 발 구르는 소리, 신음 소리, 비명 소리, 이를 가는 소리는 더욱더 분명해지고 있었다.

바알세불은 몸을 일으키고, 털이 덥수룩하고 굽이 길게 자

* 히브리어로 '죽은 자들의 세계'라는 뜻.

라난 다리를 모으고(족쇄는 놀랍게도 저절로 풀어졌다), 자유롭게 펼쳐지는 날개를 흔들어 털고, 옛 시절 자신의 하인들과 조수들을 부를 때 불었던 그 휘파람을 불었다.

그가 미처 숨을 고르기도 전에 머리 위로 틈이 벌어지더니 시뻘건 불꽃이 번쩍였다. 그리고 악마의 무리가 서로를 엎치고 덮치며 틈새를 통해 스올로 쏟아져서 마치 까마귀들이 주변에 떨어진 것처럼 바알세불을 빙 두르고 앉았다.

악마들은 몸집이 크거나 작고, 뚱뚱하거나 홀쭉하고, 꼬리가 길거나 짧고, 뿔이 날카롭거나 곧거나 틀어져 있었다.

그중에서 온통 반지르르한 까만 알몸에 어깨엔 짧은 망토를 걸친, 턱수염도 콧수염도 없는 둥그런 얼굴과 거대한 처진 배를 가진 한 악마가 바알세불 바로 앞에 웅크리고 앉았다. 그는 번쩍이는 눈동자를 부라리기도 또 치켜뜨기도 하며, 가늘고 긴 꼬리를 좌우로 부드럽게 흔들며 계속 미소를 지었다.

3

"이 소란함은 대체 무엇이냐?" 바알세불이 위쪽을 가리키며 물었다. "저기에 뭐가 있지?"

"늘상 있었던 것들이지요." 짧은 망토를 걸친 반지르르한 악마가 대답했다.

"아니, 죄인들이 있단 말이냐?" 바알세불이 물었다.

"많습니다." 반지르르한 악마가 답했다.

"그럼 내가 입에 담기도 싫어하는 그자의 가르침은 어떻게 된 것이냐?" 바알세불이 물었다.

짧은 망토를 걸친 악마가 날카로운 이빨을 드러내며 빙그레 웃자 다른 악마들 사이에서 웃음을 참는 소리가 들렸다.

"그 가르침은 저희한테 방해가 되지 않습니다. 사람들이 믿질 않으니까요." 짧은 망토를 걸친 악마가 말했다.

"하지만 그 가르침이 그들을 우리로부터 구원하는 게 확실하고, 그자가 자신의 죽음으로 그걸 증명했었다." 바알세불이 말했다.

"제가 좀 바꿨습니다." 짧은 망토 걸친 악마가 꼬리로 바닥을 빠르게 두드리며 말했다.

"어떻게 바꾼 것이냐?"

"어떻게 바꿨느냐 하면, 사람들이 그자의 가르침이 아니라 그자의 이름으로 부르는 저의 가르침을 믿도록 했지요."

"그걸 어떻게 했는데?" 바알세불이 물었다.

"그건 저절로 그렇게 됐습니다. 전 그저 도왔을 뿐입니다."

"짧게 이야기해 봐." 바알세불이 말했다.

짧은 망토를 걸친 악마는 고개를 숙이고 마치 생각을 정리하는 듯 침묵하더니 서두르지 않고 이야기를 시작했다.

"그 무서운 일이 벌어졌을 때, 그러니까 지옥이 붕괴되고 우리의 아버지이자 통치자께서 우리에게서 멀어지게 됐을 때, 저는 우리를 멸망시킬 뻔했던 그 가르침이 전파되던 곳으로 갔지요. 사람들이 어떻게 그것을 실천하며 사는지 보고 싶었거든요. 그리고 그 가르침대로 사는 사람들은 완전히 행복해서 우리가 접근할 수 없다는 걸 알게 됐습니다. 그들은 서로 화내지 않고, 여자의 유혹에 넘어가지 않고, 혼인을 하지 않거나 또는 혼인해서 한 명의 아내만 두고, 재산을 갖지 않고 모든 걸 공동의 소유로 여기고, 자신들을 공격하는 자들에게 힘으로 방어하지 않고 악을 선으로 갚았습니다. 그들의 삶이 아주 좋았기 때문에 다른 사람들도 더더욱 그들에게 이끌렸지요. 이것을 본 저는 다 망했다고 생각하고 떠나려 했습니다. 그런데 어떤 상황이 발생했는데, 그 자체는 하찮은 것이었지만 주의를 기울여도 될 만한 것처럼 보여서 거기에 남았습니다. 무슨 일이 일어났냐 하면, 그 사람들 중에 어떤 자들은 모두가 할례*를 해야 하고 우상에게 바친 제물은 먹어선 안 된다고 생각했고, 또 다른 자들은 그런 것은 필요 없고 할례를 안 해도 되고 뭐든 다 먹어도 된다고 생각했지요. 그래서 제가 양쪽 사람들 모두에게 생각을 불어넣길, 이런 의견 불일치는 아주 중요한 사안이며 서로 양보할 필요가 전혀 없는데, 왜냐면 이 일은 하나님을 섬기는 문제에 관한 것이기

---

* 남자의 성기 끝 살가죽을 끊어 내는 풍습. 유대교인들은 선민, 즉 하나님에게 선택받은 민족임을 표하는 신성한 의식으로써 반드시 행해야 했다.

때문이라고 했지요. 그러자 그들이 제 말을 믿었고, 논쟁은 더욱 냉혹해졌습니다. 모두들 서로에게 화내기 시작했지요. 그러자 저는 양쪽 모두에게 기적으로써 가르침의 진실성을 증명할 수 있다는 생각을 불어넣기 시작했어요. 가르침의 진실성은 기적으로 입증될 수 없음이 분명한데도 그들은 자신이 옳기만을 바란 나머지 제 말을 믿었고, 그래서 전 그들에게 기적을 일으켜 주었지요. 그렇게 해주는 건 어렵지 않았습니다. 오직 자신만이 진리 가운데 있음을 확실시해 주는 것이라면 그들은 무엇이든 믿었으니까요.

한쪽은 자신들에게 불꽃이 임했다고 하고, 또 한쪽은 죽은 스승을 비롯해 다른 많은 것들을 봤다고 했어요. 그들은 아예 없었던 일도 꾸며내고, 우리더러 거짓말쟁이라고 했던 그자의 이름으로 우리보다 더한 거짓말을 했지요. 스스로 인식하지도 못하면서요. 한쪽이 다른 쪽에게 너희들 기적은 가짜고 우리의 기적이 진짜라고 하면, 또 그쪽은 다른 쪽에게 아니다, 너희 기적이 가짜고 우리 기적이 진짜라고 했습니다.

일은 순조롭게 진행됐지만 너무 뻔한 속임수여서 그들이 알아채게 될까 봐 무서웠습니다. 그래서 제가 생각해 낸 게 교회입니다. 그리고 그들이 교회를 믿게 되자 안심했지요. 이제 우린 살았고 지옥이 재건됐음을 깨달았습니다."

4

"교회란 건 무엇이냐?" 하인들이 자신보다 똑똑하다는 걸 믿고 싶지 않았던 바알세불이 근엄하게 물었다.

"교회는, 거짓말을 하면서 그 거짓말을 안 믿어준다고 느끼면 항상 하나님을 인용하며 '신에게 맹세코 내 말이 맞아.'라고 하는 곳이랍니다. 이게 바로 교회라는 것인데, 한 가지 특징이 있다면 자신을 교회로 자인한 사람들은 더는 실수하지 않는다고 스스로 확신합니다. 그래서 설령 무슨 멍청한 말을 했다 한들 그 말을 되돌릴 수 없는 것이지요. 교회는 다음과 같이 만들어집니다. 사람들이 자기 자신과 타인을 설득하기를, 인간들에게 계시된 법이 잘못 해석되는 걸 방지하기 위해 그들의 스승인 하나님이 특별한 사람들을 뽑았는데, 바로 그들만이 혹은 그들이 그 권위를 넘겨준 자들만이 하나님의 가르침을 올바로 해석할 수 있다는 것입니다. 그래서 자신을 교회라 부르는 자들은 자신이 진리 속에 거한다고 생각해요. 근데 그 이유가 자신들이 전하는 게 진리여서가 아니라, 자신들만이 본래 스승인 하나님의 제자들의 제자들의 제자들의 제자들의 유일한 법적 후계자라고 생각하기 때문입니다. 기적과 마찬가지로 이 방책에도 불편한 점이 있긴 있는데, 그건 사람들이 각자 자기가 하나의 참된 교회의 일원임을 (사실 언제나 그랬었지요) 동시에 확언할 수 있다는 것입니다. 그렇지만 이 방책이 주는 이득도 있는데, 사람들이 스스로를 교회라고 하면서 그 확언을 토대로 교리를 세웠기 때문에 아무리 터무니없는 말을 했다 한들, 아무리 다른 사람들이 뭐라 한들 이젠 자신들이 한 말을 부정할 수 없다는 것입니다."

"그런데 왜 교회들이 그자의 가르침을 우리에게 득이 되도록 재해석한 것이냐?" 바알세불이 물었다.

"그들이 그렇게 한 것은," 짧은 망토를 걸친 악마가 계속했다. "자신들을 하나님의 법의 유일한 해석자로 자인하고 다른 사람들도 그렇게 믿게 만들어서 자신들이 운명의 최고 결정자가 되었고, 또 그래서 인간을 통치하는 최고 권력을 부여받았기 때문이지요. 그런 권력을 가진 그들은 당연히 오만해지고 또 대부분은 타락해서 사람들은 그들을 향해 분노와 적개심을 품게 됐습니다. 근데 그들은 폭력 외에는 적들과 투쟁할 만한 무기가 없어서 자신들의 권력을 인정하지 않는 자들을 전부 내쫓고 처형하고 불태워 버리기 시작했어요. 그러니까 자신들이 처한 형편으로 인해 가르침을 그런 식으로, 자신들의 추한 삶과 적들에게 썼던 잔혹한 일들을 정당화하는 식으로 재해석할 필요가 있었던 것이지요. 그래서 그렇게 한 거랍니다."

5

"하지만 가르침은 아주 간단하고 분명하지 않았느냐?" 바알세불이 자신은 생각조차 못한 것을 하인들이 해냈단 사실에 여전히 못 미더워하며 말했다. "그걸 재해석하는 건 불가능한 일이야. '남에게 대접을 받고자 하는 대로 남을 대접하라'는 말을 어떻게 달리 해석한단 말이냐?"

"그 부분에 대해선 그들이 제 조언대로 여러 방법을 사용했답니다." 짧은 망토를 걸친 악마가 말했다. "인간들에겐 이런 옛이야기가 있습니다. 선한 마법사가 악한 마법사에게서 사람을 구해 내느라 그 사람을 수수 낟알로 변하게 했습니다. 근데 악한 마법사가 그새 수탉으로 변해서 그 수수 낟알을 쪼아 먹으려 하자 선한 마법사가 수수가 든 자루를 그 낟알에 쏟아부었지요. 악한 마법사는 쏟아진 수수를 전부 먹을 수도, 자기에게 필요했던 그 한 개의 낟알을 찾을 수도 없었어요. 그들도 그자가 전한 가르침, 즉 남에게 대접받고 싶은 대로 너도 그렇게 하라는 가르침에 온 율법이 담겨 있다는 사실을 가지고 제 조언대로 똑같은 일을 벌였습니다. 그들은 49권*의 책을 하나님의 법에 대한 성스러운 기록으로 인정하

* 구약성서를 가리키는 것으로 당시 러시아 정교회는 구약 49권(정경 39권과 외경 10권), 신약 27권을 성서로 인정했다. 현재의 러시아 정교회 성서는 구약 50권, 신약 27권으로 총 77권, 개신교의 성서는 구약 39권, 신약 27권으로 총 66권이다.

고 그 책들에 담긴 온갖 말을 하나님, 즉 성령의 작품으로 인정했어요. 간단하고 이해하기 쉬운 진리에 엄청나게 많은 가짜 진리를 쏟아부어서 사람들이 그것을 전부 받아들이지도, 그들에게 필요한 단 하나의 진리를 찾아내지도 못하게 된 겁니다. 이것이 그들이 사용한 첫 번째 방법입니다. 두 번째 방법은 천 년도 넘게 성공적으로 사용해 온 방법인데 진리를 밝히고자 하는 사람들을 그냥 전부 죽이고 불사르는 것이지요. 지금은 이미 이런 방법은 쓰고 있진 않지만 아예 버린 건 아니랍니다. 진리를 밝히려고 애쓰는 사람들을 더 이상 불사르진 않더라도 그들의 삶을 심하게 괴롭히기 때문에 결국엔 극소수만이 교회를 비난할 결단을 내리지요. 이게 두 번째 방법입니다. 세 번째 방법은 자신들을 교회로, 따라서 오류가 없는 존재로 자인하면서 필요시마다 성서에서 말하는 것과 반대되는 것을 대놓고 가르치는 겁니다. 그리고 그런 모순에서 빠져나오는 건 스스로 알아서, 원하는 대로 하라며 자기 제자들에게 떠넘기지요. 그러니까 예를 들어 성서에 기록되기를, 그리스도 한 분만이 너희의 스승이고 하늘에 계신 한 분만이 너희의 아버지이시니 땅의 누구에게도 아버지라 부르지 말고, 너희의 지도자는 오직 그리스도이시니 스스로를 지도자라 일컫지 말라*고 했습니다. 그런데 그들은 자기들만이

* 마태복음 23장 8-10절.

아버지이고 자기들만이 지도자라고 합니다. 또 성서에는 기도하려면 혼자 은밀히 기도해라, 그러면 하나님이 들으실 거라고* 기록돼 있지만, 그들은 다함께 성전에서 노래와 음악에 맞춰 기도해야 된다고 가르치지요. 또 결코 맹세하지 말라**고 기록돼 있지만, 모든 사람이 권력에 대한 절대복종을 맹세해야 된다고 가르쳐요. 그 권력이 무엇을 요구하든 상관없이 말입니다. 또 살인하지 말라고 했지만 전쟁이나 판결에 따라 살인할 수 있고 살인해야 된다고 가르칩니다. 또 나의 가르침이 영이요 생명이니*** 빵을 먹고살듯 내 가르침으로 살아가라고 기록돼 있어요. 그런데 그들은 빵조각을 포도주에 담그고 그 빵조각에 특정한 말을 읊으면 그 빵은 살이 되고 포도주는 피가 되고, 그 빵을 먹고 그 피를 마시는 것이 영혼의 구원을 위해 몹시 유익하다고 가르칩니다. 사람들은 그걸 믿고 열심히 그 건더기를 먹는데, 나중에 우리한테 오면 그 건더기가 도움이 되지 않았다는 것에 몹시 놀라지요." 짧은 망토를 걸친 악마가 말을 마치고는 눈을 위로 굴리고 입이 찢어져라 웃었다.

"그거 아주 좋군." 바알세불이 미소 지으며 말했다. 그러자 악마들이 전부 깔깔대며 폭소를 터뜨렸다.

* 마태복음 6장 6절.
** 마태복음 5장 34절.
*** 요한복음 6장 63절.

지옥의 붕괴와 재건

6

"그런데 정말 너희가 데려온 것들이 옛날처럼 음란한 자들, 약탈자들, 살인자들인 것이냐?" 흡족해진 바알세불이 물었다.

흥이 난 악마들은 갑자기 다들 바알세불에게 의견을 말하고 싶어서 입을 열었다.

"옛날처럼이 아니지요, 전보다 더 많아요." 한 악마가 소리쳤다.

"음란한 자들은 예전 장소에 다 들어가질 않습니다." 다른 악마가 쉿소리로 말했다.

"지금의 약탈자들은 전보다 더 악합니다요." 세 번째 악마가 고함쳤다.

"살인자들을 위한 땔감이 충분치 않습니다." 네 번째 악마가 으르렁거렸다.

"한꺼번에 말하지 말거라. 내가 물어보면 대답하도록 해. 음란을 맡은 자는 나와서 말해 보거라. 그자는 아내 바꾸는 것을 금하고 음욕을 품고 여자를 보지 말라고 했었지. 근데 그자의 제자들에게 어찌 하고 있는 것이냐? 누가 음란 담당이지?"

"접니다." 여자를 닮은 갈색 악마가 엉덩이를 끌며 바알세불 앞으로 기어 나왔다. 피부가 축 늘어진 얼굴에 입에선 침을 흘리며 무언가를 계속 씹고 있었다.

이 악마는 대열 앞으로 나와 쭈그려 앉더니 고개를 비스듬히 숙이고 끝에 털이 달린 꼬리를 다리 사이에 집어넣고 흔들면서 노래하듯이 말했다.

"저희는 우리의 아버지이자 통치자인 당신께서 낙원*에서 온 인류를 우리 손아귀에 넣었던 옛날 방식도 사용하고, 새로운 교회식 방법도 사용한답니다. 새로운 교회식 방법이란 이렇게 하는 것이죠. 저희는 사람들이 진짜 혼인은 그것이 본래 의미하는 남자와 여자의 결합이 아니라, 가장 좋은 드레스를 입고 혼인식을 위해 꾸며진 큰 건물로 가서, 혼인식을 위해 특별히 준비된 모자를 머리에 쓰고, 여러 노래 가락에 맞춰 테이블 주위를 세 바퀴 도는 것이라고 믿게 합니다. 이것만이 진짜 혼인이라는 생각을 인간들에게 불어넣는 것이죠. 그래서 그렇게 믿게 된 사람들은 이러한 조건을 갖추지 않은 남자와 여자의 결합은 죄다 평범한 것이고, 아무런 책임이 따르지 않는 쾌락이거나 생리적 욕구의 충족이라고 당연하게 생각하지요. 그래서 부끄러움도 없이 그 쾌락에 빠집니다."

여자를 닮은 악마가 피부가 늘어진 얼굴을 다른 쪽으로 기울이더니 마치 자신의 말에 대한 바알세불의 반응을 기다리는 듯 말을 멈췄다.

---

* 성서에서 말하는 최초의 인간 아담과 하와가 살았던 '에덴동산'을 가리킨다.

바알세불이 허락의 표시로 고개를 끄덕이자 여자를 닮은
악마가 계속했다.

"이 방법을 통해, 또한 예전에 낙원에서 사용됐던 금지된
열매와 호기심의 방법도 동시에 사용함으로써," 악마가 바알
세불을 치켜세우려는 의도를 분명히 드러내며 말을 이었다.
"저희는 가장 극적인 성공을 거두게 됩니다. 인간들은 많은
여자와 결합한 후에도 자기가 영예로운 교회 혼인식을 올릴
수 있다고 생각해서 수백 명의 여자를 갈아치우는데, 그렇게
방탕이 몸에 배서 교회 혼인식을 올린 뒤에도 똑같은 일을 벌
입니다. 만일 어떤 이유로든 교회 혼인식과 관련된 몇몇 요구
조건에 거리낌을 느낀다면 테이블 주위를 재차 돌게 하는데,
그럼 이전의 예식은 무효가 되는 것이죠."

여자를 닮은 악마가 입안 가득한 침을 꼬리 끝으로 닦아내
며 말을 마쳤고, 다른 쪽으로 비스듬히 고개를 숙이고는 말
없이 바알세불을 쳐다봤다.

7

"간단하고 좋군." 바알세불이 말했다. "인정한다. 약탈자 담
당은 누구냐?"

"접니다." 꼬부라진 뿔과 위로 말린 콧수염, 큰 몸집에 거대

한 발이 비딱하게 붙어 있는 악마가 앞으로 나오며 말했다.

이 악마는 이전 악마들처럼 앞으로 나오더니 군인처럼 양 손으로 콧수염을 정돈하며 질문을 기다렸다.

"지옥을 붕괴한 그자가," 바알세불이 말했다. "하늘의 새처럼 살라*고 가르쳤고, 속옷을 구하거나 원하는 자에게는 겉옷도 내주라 명했고, 구원을 받으려면 재산을 나눠 줘야 된다고 했다. 그런데 이런 말을 들은 사람들이 약탈에 빠지다니, 너희가 어떻게 한 것이냐?"

"저희가 하는 일이란," 콧수염 난 악마가 위풍당당하게 고개를 뒤로 젖히며 말했다. "사울을 왕으로 뽑던 시절에 우리의 아버지요 통치자께서 하셨던 것과 똑같습니다.** 그때 그랬던 것과 똑같이 우리는 인간들에게 서로 간의 약탈을 그만두는 대신 한 사람에게 모두를 장악하는 전적인 권력을 주고, 그에게만은 자신을 약탈하도록 허용하는 게 더 이득이라는 생각을 불어넣습니다. 우리의 방법에서 새로운 것은 단지 그

---

* 마태복음 6장 26절의 내용을 가리킴. "공중에 나는 저 새들을 보라. 씨를 뿌리지도 거두지도 창고에 쌓아 두지도 않지만 하늘에 계신 너희 아버지께서 먹이신다. 너희는 새들보다 얼마나 더 귀하냐?"

** 사무엘상 8장에 이스라엘의 초대 왕을 세우게 된 배경이 기록돼 있다. 백성들이 선지자 사무엘을 찾아가 왕을 세워서 자신들을 다스리게 해달라고 요청한다. 이에 하나님은 사무엘에게 "그들이 너를 버린 것이 아니라 나를 버려 내가 그들의 왕인 것을 거부하는 것이다."라고 하고, 왕의 제도에 대해 경고하도록 한다. 사무엘이 백성들에게 왕의 권한에 대해 자세히 설명하며 왕이 너희를 착취할 것이고, 나중엔 너희가 뽑은 그 왕에게서 벗어나게 해달라고 울부짖어도 소용없을 거라고 한다. 그럼에도 백성들은 왕을 세워 달라 요청했고, 사울을 왕으로 세우게 된다.

한 사람이 가진 약탈할 권리를 확정하기 위해 그를 성전으로 데려가고, 그에게 특별한 모자를 씌우고, 높은 옥좌에 앉히고, 손에 막대기와 공*을 들려주고, 기름을 붓고,** 그 기름 부은 자를 하나님과 그의 아들의 이름으로 거룩하다고 선포하는 것뿐입니다. 그래서 이 사람에 의해 행해지는 약탈은 성스러운 것으로 여겨지고 어떤 것으로도 제한될 수 없지요. 그러니 성직자들, 또 그들의 보조자들, 또 보조자들의 보조자들 모두가 끊임없이 평온하고 안전하게 백성들을 약탈합니다. 게다가 보통은 기름 부음도 받지 않은 태만한 소수집단이 노동하는 다수집단을 아무 문제 없이 항시 약탈할 수 있는 법과 규정을 제정하지요. 그래서 최근 몇몇 국가들에서는 기름 부어 세운 왕이 없음에도 불구하고 왕이 있는 곳에서와 마찬가지로 약탈이 지속되고 있어요. 우리의 아버지요 통치자께서 보시는 바와 같이 사실 우리가 사용하는 방법은 오래된 방법입니다. 새로운 점이 있다면 그 방법을 더욱 보편적이게, 더욱 은밀하게, 공간과 시간에 따라 더욱 확장되게, 더욱 견고하게 했다는 것뿐이지요. 이 방법을 더욱 보편적이게 했다는 것은, 예전엔 사람들이 자신이 뽑은 자에게 자발적으로 복종했다면 이제는 자신의 바람과는 전혀 상관없이 자신이 뽑지도 않

* 왕권의 상징인 황금 홀과 십자가가 달린 구(球)를 가리킴.
** 성별(聖別)의 의미로 머리에 기름을 붓거나 바르는 의식.

은 자들에게, 즉 아무한테나 복종하도록 만들었다는 겁니다. 이 방법을 더욱 은밀하게 했다는 것은, 특별하고 간접적인 조세 제도 덕분에 약탈당하는 자들이 자신을 약탈하는 자들을 볼 수 없도록 만들었다는 겁니다. 이 방법이 공간적으로 더욱 확장됐다는 것은, 일명 그리스도교 민족들이 동족의 약탈에 만족하지 않고 여러 이상한 명목, 대개는 그리스도교의 확장이라는 명목하에 약탈할 게 있는 다른 민족들까지 약탈한다는 겁니다. 이 방법이 예전보다 시간적으로 더욱 확장됐다는 것은, 공채와 국채 제도 덕분에 현재 살아가는 사람들뿐아니라 미래 세대까지 약탈한다는 겁니다. 저희가 이 방법을 더욱 견고하게 했다는 것은, 주요 약탈자들이 성스러운 자들로 인식되도록 해서 사람들이 그들에게 반항할 엄두를 못 내도록 만들었다는 겁니다. 최고 약탈자는 자신이 기름 부음만 받을 수 있도록 하면 될 뿐, 그러면 이젠 자신이 원하는 대로 누구든, 얼마든 평온하게 약탈할 수 있습니다. 한때 제가 러시아에서 시험 삼아 가장 추악하고 멍청하고 지식도 없고 음탕하고 아무 법적 권한도 없는 여자들을 연달아 왕위에 앉혔지요. 마지막 여자*는 음탕할 뿐만 아니라 자신의 남편과 법적 후계자를 죽인 범죄자입니다. 그런데 사람들은 그녀가 기름 부은 자라는 이유만으로 콧구멍을 찢지도 않고, 채찍으로

* 예카테리나 2세를 가리킴.

때리지도 않고, 살인자들에겐 그렇게 하면서도요. 30년을 그녀에게 노예처럼 복종하면서 그녀와 그녀의 수많은 정부들에게 재산뿐만 아니라 사람들의 자유까지 약탈하도록 허락했지요. 그래서 현재에는 뚜렷한 약탈, 즉 힘으로써 지갑과 말과 의복을 빼앗는 일이 지속적으로 약탈할 기회를 가진 사람들에 의해 행해지는 모든 법적인 약탈의 백만 분의 일도 안됩니다. 이 시대에 약탈은 처벌되지 않고 은밀하며, 대다수 사람들의 주된 삶의 목적이 약탈일 정도로 사람들 사이에 약탈하려는 용의가 만연해 있으며, 약탈은 오직 약탈자들 간의 다툼에 의해서만 억제되고 있습니다.

8

"흠, 그것도 좋군." 바알세불이 말했다. "그런데 살인은? 살인은 누구 담당이냐?"

"접니다." 불쑥 튀어나온 송곳니, 날카로운 뿔, 위로 처들린 빳빳하고 두툼한 꼬리가 달린, 피처럼 붉은 빛의 악마가 무리 중에서 나오며 대답했다.

"너는 악을 악으로 갚지 말고 원수를 사랑하라고 했던 그자의 제자들을 어떻게 살인자가 되도록 하는 것이냐?"

"저희는 옛날 방법대로 했습니다." 붉은 악마가 귀가 먹을 만큼 쩌렁쩌렁한 목소리로 말했다. "사람들 속에 탐욕, 혈기, 미움, 복수, 교만을 일으키는 것이지요. 또 예전과 마찬가지로 사람들의 스승들을 부추기기를, 살인을 그만두게 하는 가장 좋은 방법은 스승인 자신들이 살인자들을 공개적으로 죽이는 것이라고 합니다. 이 방법은 우리에게 수많은 살인자들을 넘겨줄 뿐만 아니라, 또 그만큼의 살인자들이 준비되도록 하지요. 가장 많은 수를 넘겨준 것은 교회의 무류無謬성, 기독교식 혼인, 기독교식 평등에 대한 새로운 교리입니다. 예전에는 교회의 무류성에 대한 교리가 우리에게 가장 많은 수의 살인자들을 주었지요. 자신을 무류한 교회의 일원으로 자인한 사람들은 거짓된 교리 해설가들이 사람들을 타락시키도록 허용하는 것은 범죄이며, 그렇기에 그런 자들을 죽이는 것이 하나님을 흡족하게 한다고 생각했습니다. 그래서 그들은 주민들을 전부 죽이고, 처벌하고, 수십만 명을 불살랐어요. 그런데 여기서 웃긴 건, 참된 교리를 이해하기 시작한 사람들, 우리에게 가장 위험한 사람들을 처형하고 불사르면서 그들을 우리의 하인, 즉 악마의 하인들로 여겼다는 것이죠. 그리고 사람들을 처형하고 장작불에 태워 죽이는 자신들은 실제로는 우리의 온순한 하인이면서 하나님의 뜻을 이행하는 거룩한 자라고 생각했다는 겁니다. 옛날 옛적에도 이런 식이었죠. 요즘 들어 아주 많은 수의 살인자들을 우리에게 넘겨주는 것은 기독교식 혼인과 평등에 관한 교리입니다. 혼인에 관한 교리가 우리에게 주는 것은 첫째로, 부부 간의 살인과 어머니에 의한 자식 살인입니다. 남편들과 아내들은 법과 교회의 혼례 전통이 요구하는 몇몇 사항들에 거리낌을 느끼게 되면 서로를 죽입니다. 어머니들이 자식을 죽이는 것은 대부분 혼인으로 인정되지 않은 관계를 통해 아이가 생겼을 때입니다. 이러한 살인이 지속적이고 고르게 행해지고 있지요. 평등에 관한 기독교 교리에 의한 살인은 드문드문 발생하지만, 한번 발생할 때마다 대단한 규모를 보입니다. 이 교리로 인해 사람들은 법 앞에 모두가 평등하다고 생각하게 돼요. 그런데 약탈당한 사람들은 그게 사실이 아님을 느낍니다. 그들은 법 앞에서의 평등이 오로지 마음이 불편한 약탈자들이 편하게 약탈을 지속하도록 하는 데 있다는 걸 깨닫고는 격분해서 자기들을 약탈한 자들을 공격합니다. 그러면 쌍방 간의 살인이 시작되고, 어쩔 땐 한번에 수만 명의 살인자들이 우리에게 오는 것이죠."

9

"하지만 전쟁에서의 살인은? 모두가 한 아버지의 아들들이며 원수를 사랑하라고 명했던 그자의 제자들을 너희는 어떻게 살인으로 이끄는 것이냐?"

붉은 악마가 입에서 불과 연기 줄기를 내뿜더니 이빨을 드러내며 웃었고, 두터운 꼬리로 자신의 등판을 흥겹게 내리쳤다.

"그건 이렇게 합니다. 각 민족에게 자신이 세상에서 가장 우수한 민족이라는 생각을 불어넣지요. 도이칠란트 위버 알레스Deutschland über alles,* 프랑스, 영국, 러시아가 위버 알레스 über alles라구요. 그래서 자기 민족이 다른 모든 민족들을 통치해야 된다고 생각하게 합니다. 그런데 저희가 모든 민족에게 똑같은 생각을 심어 줬기 때문에 그들은 이웃 민족들로부터 지속적인 위험을 느끼고, 항상 방어할 준비를 하면서 서로를 향해 분노하지요. 한쪽이 더욱 방어에 힘쓰며 이웃 민족들에게 분노하면 할수록 나머지 다른 민족들도 더욱 방어에 힘쓰게 되고 서로를 향해 분노합니다. 그래서 우리를 살인자라고 불렀던 그자의 교리를 받아들인 사람들은 다들 주로 살인을 준비하고 살인을 하느라 바쁘지요."

10

"흠, 영리하군." 바알세불이 잠깐의 침묵 뒤에 말했다. "하지

---

* '독일이 모든 것 위에 있다'라는 뜻으로 〈독일인의 노래〉 1절 첫 소절의 가사이다. 오늘날에는 총 3절로 된 〈독일인의 노래〉에서 1, 2절을 제외한 3절을 독일의 공식 국가로 사용하고 있다.

만 속임에서 자유로운 지식인들은 교회가 교리를 왜곡한 것을 어찌 보지 못했으며, 왜 그것을 복원하지 않았는가?"

"그들은 그렇게 할 수 없습니다." 납작하게 뒤로 누운 이마, 불쑥 튀어나온 큰 귀, 근육 없는 가는 팔다리, 윤기 없는 까만 몸에 가운을 걸친 악마가 자신감에 차서 앞으로 나오며 말했다.

"어째서?" 가운 입은 악마의 자신감 넘치는 어조가 못마땅한 바알세불이 엄하게 물었다.

가운을 입은 악마는 바알세불의 호령에 당황하지 않고 서두름 없이 침착하게, 다른 악마들처럼 쪼그려 앉지 않고 가느다란 다리를 동양식으로 포개어 양반다리를 하더니, 조용하고 잔잔한 목소리로 거침없이 말하기 시작했다.

"그들이 그렇게 못하는 이유는 제가 그들을 늘 한눈팔게 만들기 때문입니다. 자신들이 알 수 있고 또 알 필요가 있는 것에는 주목하지 않고, 알 필요도 없고 절대 알아내지도 못할 것에 주목하도록 하기 때문이지요."

"그것을 네가 어떻게 하는데?"

"저는 시대마다 다르게 하고 있습니다." 가운을 입은 악마가 대답했다. "옛날에는 사람들에게 생각을 불어넣길, 그들에게 가장 중요한 것은 삼위* 간의 관계, 그리스도의 기원, 그의

---

* 삼위일체 하나님의 세 위격, 즉 성부, 성자, 성령의 삼위.

속성들, 하나님의 성품 등에 대해 아는 것이라고 했습니다. 그러자 그들은 오랫동안 많은 것을 추론하고 증명하고 논쟁하고 분노했지요. 그리고 그런 추론들에 어찌나 사로잡혔던지 어떻게 살 것인가에 대해서는 전혀 생각하지 않았습니다. 어떻게 살아야 되는지 생각을 안 하니까 자신들의 스승이 삶에 대해 뭐라 말했는지도 알 필요가 없었던 거지요.

그리고 그들이 이런 추론들 속에 뒤엉켜서 자신들이 하는 말을 스스로도 이해 못하게 되자, 저는 한쪽 사람들에겐 자신에게 가장 중요한 것은 수천 년 전 그리스에 살았던 아리스토텔레스라는 사람이 기록한 모든 것을 연구하고 해석하는 것이라는 생각을 불어넣었고, 또 다른 사람들에겐 자신에게 가장 중요한 것은 황금을 얻을 수 있는 돌과 모든 병을 낫게 하고 사람을 죽지 않게 하는 묘약을 찾는 것이라는 생각을 불어넣었습니다. 그래서 그들 중에 가장 똑똑하고 박식한 사람들은 자신의 지적인 힘을 전부 이런 것들에 쏟았어요.

이런 것들에 관심이 없는 사람들에겐 지구가 태양의 주위를 도는 건지 아니면 태양이 지구를 도는 건지 알아내는 게 가장 중요하다고 생각하게 만들었습니다. 그리고 태양이 도는 게 아니라 지구가 돈다는 걸 알아내고, 태양에서 지구까지의 거리가 몇백만 베르스타인지 산정하게 되자 너무나 기쁜 나머지 그때부터 지금까지 더욱 열심히 별들까지의 거리를 연구하고 있지요. 비록 그 거리에는 끝이 없고 있을 수도 없

지옥의 붕괴와 재건

으며, 별들의 수도 무한하고, 이런 것들을 자신들이 알 필요가 전혀 없다는 걸 알면서도 말입니다. 이 외에도 제가 또 사람들에게 모든 동물, 모든 벌레, 모든 식물, 한없이 작은 모든 생명체가 어떻게 생겨났는지 알아야 되고, 아는 게 중요하다는 생각을 심어 줬어요. 이것 역시 전혀 그들이 알 필요가 없고, 알아내는 게 불가능하다는 것도 분명하지요. 생명체도 별들처럼 그 수가 한없이 많으니까요. 그런데도 그들은 이런 것이나 이런 것과 비슷한, 물질세계에서 일어나는 현상의 연구에 자신들의 온 지적 역량을 쏟아붓고, 알 필요가 없는 것을 알아낼수록 알아내지 못한 것이 더 많이 남아 있다는 사실에 놀라워합니다. 또한 그들이 연구를 통해 알아내야 할 분야가 더더욱 넓어지고, 연구 과제는 더더욱 복잡해지고, 그들이 획득한 지식이 삶에는 더더욱 적용되지 못함이 분명한데도 이런 건 전혀 그들을 심란하게 하지 않아요. 그들은 자신이 하는 일의 중요성을 완전히 확신해서 계속해서 연구하고, 발표하고, 기록하고, 출판하고, 한 언어에서 다른 언어로 번역합니다. 대부분은 아무짝에도 쓸모없는 연구와 추론인데, 간혹 쓸모 있는 것들은 부유한 소수의 오락에 쓰이거나 가난한 다수의 상황을 악화시키는 데에 쓰일 뿐입니다.

자신들에게 필요한 유일한 것은 그리스도의 가르침이 말하고 있는 삶의 법칙들을 규정하는 것임을 절대로 알아내지 못하도록 하기 위해, 저는 그들이 영적인 삶의 법칙들에 대해선 알 수 없다고 생각하게 하고 그리스도의 가르침을 비롯한 모든 종교적 가르침을 잘못된 견해와 미신으로 여기도록 합니다. 그리고 어떻게 살아야 하는지에 대해서는 제가 그들을 위해 고안해 낸 과학, 즉 예전엔 사람들이 얼마나 다양한 방식으로 안 좋게 살았는지 연구하는 사회과학을 통해 알 수 있다고 생각하게끔 하지요. 그래서 그들은 그리스도의 가르침을 따라 더 잘 살기 위해 직접 애쓰는 대신에 오로지 예전 사람들의 삶을 연구해야 된다 생각하고, 그 연구를 통해 삶의 보편적 법칙들을 도출할 수 있으며, 잘 살기 위해서는 자신들이 생각해 낸 법칙들에 순응하기만 하면 된다고 생각합니다.

그들을 더욱 안정적으로 속이기 위해 저는 교회 교리와 비슷한 무언가를 그들에게 심어 주는데, 일종의 지식의 계승이 존재하고 그것을 과학이라고 하며 교회의 주장과 마찬가지로 이 과학의 주장에도 오류가 없다고 하는 것이죠.

그리고 학자로 여겨지는 사람들이 자신의 무류성에 확신을 갖게 되면 그들은 곧장 자연스럽게, 바로 그 쓸모없을 뿐만 아니라 대개는 터무니없는 헛소리를 의심의 여지 없는 진리로 공포하고, 한번 그렇게 말하고 나면 이젠 그걸 부정하지 못합니다.

그래서 제가 이렇게 말씀드릴 수 있는 겁니다. 제가 그들을 위해 고안해 낸 과학을 향한 존경심과 아첨을 그들에게 불어넣는 동안은 자칫 우릴 파멸시킬 뻔했던 그 가르침을 그들은 절대 이해 못합니다."

11

"아주 좋아. 고맙다." 바알세불이 말하더니 얼굴이 환해졌다. "너희는 상을 받을 만하구나. 내가 합당한 상을 내리겠노라."

"근데 저희를 잊으셨습니다." 털이 얼룩덜룩한 악마, 작은 악마, 큰 악마, 다리가 비틀어진 악마, 뚱뚱한 악마, 홀쭉한 악마 등 나머지 악마들이 한꺼번에 소리쳤다.

"너희는 무엇을 하느냐?" 바알세불이 물었다.

"저는 기술 개선의 악마입니다."

"저는 분업입니다."

"저는 교통입니다."

"저는 도서출판입니다."

"저는 예술입니다."

"저는 의학입니다."

"저는 문화입니다."

"저는 양육입니다."

"저는 인간 교정矯正입니다."

"저는 중독입니다."

"저는 자선입니다."

"저는 사회주의입니다."

"저는 여권주의입니다." 갑자기 모두가 바알세불의 얼굴 앞으로 밀치고 나오며 소리쳤다.

"한 명씩 짧게 말하거라." 바알세불이 소리쳤다. "너," 그가 기술 개선의 악마를 향해 말했다. "너는 무엇을 하느냐?"

"저는 사람들에게 물건을 더 많이 만들수록, 또 더 빨리 만들수록 더 좋을 거라는 생각을 심어 줍니다. 그럼 사람들은 물건의 생산을 위해 자신의 삶을 망가뜨려 가면서 물건을 더 많이많이 만듭니다. 비록 그 물건들이 그것을 만들라고 시키는 자들에겐 필요가 없고, 그것을 만드는 자들에겐 돌아가지 않는데도 말이지요."

"좋아. 그럼 너는?" 바알세불이 분업의 악마를 향해 말했다.

"저는 기계가 사람보다 더 빨리 물건을 만들 수 있기 때문에 사람들을 기계로 변하게 해야 된다는 생각을 불어넣습니다. 그럼 그들은 그렇게 한답니다. 그래서 기계로 변한 사람들은 자신을 그렇게 만든 자들을 증오합니다."

"그것도 좋군. 너는?" 바알세불이 교통의 악마를 향해 말했다.

"저는 사람들이 자신의 행복을 위해 한 곳에서 다른 곳으로 가능한 한 빨리 이동해야 된다는 생각을 심어 줍니다. 그럼 사람들은 각자 자기 자리에서의 삶을 개선하는 대신 삶의 대부분을 이곳에서 저곳으로 이동하면서 보내고, 한 시간에 50베르스타나 그 이상을 이동할 수 있다는 것에 자랑스러워합니다."

바알세불은 이 악마도 칭찬했다.

도서출판 악마가 나섰다. 그는 설명하길, 자신의 일은 세상에서 행해지고 쓰여지는 온갖 추잡하고 어리석은 것들을 가능한 한 많은 수의 사람들에게 전하는 것이라고 했다.

예술의 악마는 설명하길, 부도덕한 것들을 매력적인 형태로 묘사하고 위로와 고상한 감정의 고양이라는 구실 아래 그것들을 묵인하도록 한다고 했다.

의학의 악마는 설명하길, 사람들에게 자신을 위한 가장 중요한 일은 자신의 몸을 돌보는 것이라는 생각을 심어 주는데, 몸을 돌보는 일에는 끝이 없으므로 의학의 도움을 받아 자신의 몸을 돌보는 사람들은 다른 이들의 삶에 대해 잊어버릴 뿐만 아니라 자기 자신의 삶에 대해서도 잊어버린다고 했다.

문화의 악마는 설명하길, 사람들에게 기술 개선, 분업, 교통, 도서출판, 예술, 의학의 악마들이 담당하는 모든 것을 이용하는 게 일종의 미덕이고, 그 모든 걸 이용하는 사람은 자신에 대해 충분히 만족할 수 있으며 더 나은 사람이 되고자 애쓸 필요 없다는 생각을 심어 준다고 했다.

양육의 악마는 설명하길, 사람들에게 자신은 나쁘게 살면서, 게다가 좋은 삶이 어떤 것인지도 모르면서 아이들에게 좋은 삶을 가르칠 수 있다고 생각하도록 한다고 했다.

인간 교정의 악마는 설명하길, 스스로도 흠이 있으면서 흠 있는 다른 사람들을 교정할 수 있다고 가르친다고 했다.

중독의 악마는 말하길, 나쁜 삶으로 인해 생성되는 고통에서 벗어나고 잘 살도록 애쓰는 대신에 술과 담배와 아편과 모르핀의 작용으로 망각에 빠지는 게 낫다고 사람들을 가르친다고 했다.

자선의 악마는 말하길, 사람들에게 가마니로 약탈하고 약탈한 것에서 쌀 한 톨 내주면서* 자신들은 선행자이며 개선될 필요가 없다고 생각하게 함으로써 선에 도달하지 못하게 한다고 했다.

사회주의 악마는 자랑하길, 인류의 삶에서 가장 고등한 사회체제라는 명목으로 계층 간의 갈등을 일으킨다고 했다.

여권주의 악마는 자랑하길, 보다 완성된 삶의 체제를 위해 계층 간의 갈등 외에 성별 간의 갈등도 일으킨다고 했다.

"저는 편의성입니다. 저는 유행입니다!" 또 다른 악마들이 바알세불 앞으로 다가오며 소리를 치고 빽빽거렸다.

"정말로 너희는 내가 늙고 멍청해서 삶에 대한 가르침이 이렇게 빨리 가짜가 되고, 우리에게 해로울 뻔했던 모든 것이 점

---

* 원문에는 푸드(16.4kg에 해당하는 무게)로 약탈하고, 약탈한 것에서 졸로트니크(4.266g)를 내준다고 되어 있다.

지옥의 붕괴와 재건

점 더 유익해지고 있음을 이해하지 못한다고 생각하느냐?"
바알세불이 소리치더니 껄껄 웃기 시작했다. "충분하다. 모두
들 고맙구나." 그리고 날개를 활짝 들어 올리며 벌떡 일어났
다. 악마들이 바알세불을 에워쌌다. 모여든 악마들의 한쪽 끝
에는 교회의 고안자인 짧은 망토를 걸친 악마가, 다른 쪽 끝
엔 과학의 고안자인 가운을 걸친 악마가 있었다. 두 악마가
서로에게 손을 내밀자 악의 고리가 연결되었다.

그러자 모든 악마들이 깔깔대고, 끽끽대고, 휘파람 콧바람
불고, 꼬리 치고 흔들며 바알세불 주위를 빙빙 돌면서 춤을
추기 시작했다. 바알세불은 날개를 펴서 푸드덕거리고 다리
를 높이 치켜들며 한 가운데서 춤을 췄다. 위에서는 비명 소
리, 울음 소리, 신음 소리와 이 가는 소리가 들렸다.

(1902년)

아시리아의 왕 아사르하돈

АССИРИЙСКИЙ ЦАРЬ АСАРХАДОН

아시리아의 왕 아사르하돈이 라일리에 왕의 왕국을 정복하여 모든 도시를 파괴하고 불사르고, 주민들을 전부 자기 땅으로 붙잡아 오고, 군사들을 몰살하고, 라일리에 왕은 옥에 가두었다.

아사르하돈 왕은 밤에 침상에 누워 라일리에를 어떻게 처형할지 생각했다. 그런데 갑자기 옆에서 부스럭거리는 소리가 들려 눈을 떠보니 허옇게 센 긴 수염과 온화한 눈을 가진 노인이 서 있었다.

"라일리에를 처형하려는 것이오?" 노인이 물었다.

"그렇소." 왕이 대답했다. "다만 어떤 식으로 처형할지 아직 결정 못했지."

"하지만 라일리에는 바로 당신이잖소." 노인이 말했다.

"그건 사실이 아니오." 왕이 말했다. "나는 나고, 라일리에는 라일리에지."

"당신과 라일리에는 하나라오." 노인이 말했다. "당신은 라일리에가 아니고 라일리에는 당신이 아니라고 생각될 뿐이야."

"생각될 뿐이라니?" 왕이 말했다. "난 지금 푹신한 침상에 누워 있고, 내 곁엔 머리를 조아리는 남종들과 여종들이 있지. 그리고 난 내일도 오늘과 마찬가지로 친구들과 잔치를 즐길 것이오. 하지만 라일리에는 새장 속의 새처럼 옥에 갇힌 상태고, 내일이면 말뚝에 박혀서 뒈질 때까지 혀를 쑥 내밀고 몸부림칠 것이야. 몸뚱이는 개들에게 뜯길 테고."

"당신은 그의 생명을 없앨 수 없어." 노인이 말했다.

"그렇다면 내가 죽여서 그 시체가 산을 이룬 만 4천 명의 군사들은 뭐란 말이오?" 왕이 말했다. "나는 살아 있으나 그들은 없소. 그러니 내가 생명을 없앨 수 있다는 것이지."

"어째서 당신은 그들이 없다고 생각하시오?"

"보이지 않으니까. 무엇보다 그들은 괴로워했고 나는 아니라는 거지. 그들은 불행했지만 난 좋았어."

"그것 또한 그렇게 생각되는 것이라오. 당신은 그들이 아니라 자기 자신을 괴롭게 한 거란 말이오."

"이해가 안 되는군." 왕이 말했다.

"이해하길 바라오?"

"그렇소."

"이리로 오시오." 노인이 물이 가득한 욕조를 가리키며 말했다.

왕은 일어나서 욕조가 있는 곳으로 다가갔다.

"옷을 벗고 욕조로 들어가시오."

아사르하돈은 노인이 시키는 대로 했다.

"이제 내가 이 물을 당신에게 붓기 시작하면," 노인이 잔으

아시리아의 왕 아사르하돈

로 물을 뜨며 말했다. "몸을 머리까지 물에 담그시오."

노인이 잔을 들어 왕의 머리 위로 기울이자 왕이 물에 몸을 담갔다.

아사르하돈 왕은 물에 잠기자마자 자신이 아사르하돈이 아닌 다른 사람으로 느껴졌다. 그리고 그 다른 사람으로 느껴짐과 동시에 자신이 호화로운 침상에 아름다운 여자와 나란히 누워 있는 게 보였다. 그는 그 여자를 한 번도 본 적이 없었지만 그녀가 자신의 아내라는 걸 알았다. 여자가 몸을 일으키며 말했다. "귀한 나의 남편 라일리에, 당신은 어제 일로 지쳐서 평소보다 많이 잤어요. 하지만 너무 곤히 잠들어서 안 깨웠지요. 그런데 지금 제후들이 대궐에서 당신을 기다려요. 어서 옷 입고 나가 보세요."

이 말을 들은 아사르하돈은 자신이 라일리에임을 깨닫고 매우 놀랐으나 아직까지 그 사실을 모르고 있었다는 것이 더욱 놀라웠다. 그는 일어나 옷을 입고 제후들이 기다리고 있는 대궐로 갔다.

제후들이 땅에 절을 하며 라일리에 왕을 맞았고, 그다음엔 일어나서 그의 명에 따라 앞에 앉았다. 그러자 제후들의 장이 입을 열어 말하길, 더 이상 사악한 아사르하돈 왕의 모욕을 참아선 안 되며 그에 맞서 전쟁을 벌여야 된다고 했다. 그러나 라일리에는 그의 말에 동의하지 않았고, 아사르하돈에게 사신들을 보내어 타이르라고 명하고는 제후들을 물러가게

했다. 이후 그는 덕망 있는 몇몇 사람들을 사신으로 임명했고 아사르하돈 왕에게 전할 말을 상세히 일러 주었다.

이 일을 마친 후 아사르하돈은 자신을 라일리에로 느끼며 야생 나귀를 사냥하러 산으로 갔다. 사냥은 성공적이었다. 그는 나귀 두 마리를 손수 죽였고, 집으로 돌아와서는 노예들의 춤을 보며 친구들과 잔치를 즐겼다.

다음 날엔 평소대로 탄원인들, 피고인들, 소송인들이 기다리고 있는 궁에 나가 자신에게 고해진 일들을 처리했다. 일을 마친 그는 다시 자신이 좋아하는 사냥 놀이를 하러 갔다. 이날도 늙은 암사자를 손수 죽이고 새끼 사자 두 마리를 사로 잡았다. 사냥 후엔 또 다시 친구들을 불러 잔치를 열고 음악과 춤을 즐겼으며 사랑하는 아내와 밤을 보냈다.

이렇게 그는 하루하루, 한 주 한 주를 지내며 예전의 자신이었던 아사르하돈 왕에게 보낸 사신들이 돌아오길 기다렸다. 사신들은 한 달 후에야 돌아왔는데 코와 귀가 베여서 왔다.

아사르하돈 왕은 라일리에에게 즉시 정해 준 만큼의 은금과 편백나무를 공물로 보내고 자신에게 와서 절하지 않으면 사신들에게 한 것과 똑같이 그에게도 할 것이라고 전하라 했다.

예전에 아사르하돈이었던 라일리에는 제후들을 다시 불러 모아 어떻게 해야 할지 의논했다. 모두가 한목소리로 아사르하돈의 공격을 기다리지 말고 먼저 전쟁을 일으켜야 한다고 했다. 왕은 동의했고 앞장서 군대를 지휘하며 행군을 시작했다. 행군은 7일 동안 이어졌다. 왕은 매일 군대를 돌며 군사들의 사기를 북돋았다. 8일째 되는 날 강변의 넓은 골짜기에서 그의 군대와 아사르하돈의 군대가 맞닥뜨렸다. 라일리에의 군사들은 용맹하게 싸웠지만, 예전에 아사르하돈이었던 라일리에가 보니 적군이 개미떼처럼 산에서 달려 내려와 골짜기를 메우고 자신의 군대를 무찌르고 있었다. 그는 전차를 타고 전투가 벌어지는 한복판으로 들어가 적들을 찌르고 베었다. 하지만 라일리에의 군사는 수백, 아사르하돈의 군사는 수천이었다. 라일리에는 자신이 부상을 당했고 포로로 잡혔음을 느꼈다.

결박된 그는 다른 포로들과 함께 아사르하돈의 군사들에 둘러싸여 9일을 걸었다. 그리고 열흘째 되던 날 니네베*로 끌려와 옥에 갇혔다.

라일리에는 굶주림과 부상으로 고통스러웠지만 수치심과 무력한 분노로 인한 고통이 훨씬 컸다. 자신이 겪고 있는 모든 악을 적에게 되갚아 줄 수 없다는 무력감을 느꼈다. 그가 할 수 있는 유일한 것은 적들이 그의 고통을 보며 기뻐하지 못하게 하는 것이었고, 그래서 자신에게 일어나는 모든 일을 아무런 불평 없이 당당하게 견뎌 내리라 굳게 결심했다.

그는 처형을 기다리며 20일을 옥에 갇혀 있었다. 친인척들

---

* 메소포타미아의 북부 티그리스강가에 있던 고대 아시리아의 수도.

과 친구들이 처형장으로 끌려가는 걸 보았고 처형당하며 신음하는 소리를 들었다. 손발을 자르기도, 산 채로 가죽을 벗기기도 했으나 그는 불안감도 연민도 두려움도 내비치지 않았다. 사랑하는 아내가 결박된 채로 내시들에게 끌려가는 것도 보았다. 아내가 아사르하돈의 시녀가 되리란 걸 알았지만 그 또한 아무 말 없이 견뎌 냈다.

그런데 사형집행인 두 명이 옥문을 열더니 그의 팔을 등 뒤로 묶고는 피가 흥건한 처형장으로 데려왔다. 라일리에는 피범벅이 된 날카로운 말뚝을 보았다. 친구의 시신을 방금 막 빼낸 그 말뚝으로 자신이 처형될 것임을 알았다.

그의 옷이 벗겨졌다. 라일리에는 한때 힘이 넘치고 아름다웠던 자신의 몸이 그토록 야윈 것을 보고 소스라치게 놀랐다. 사형집행인 두 명이 그의 야윈 넓적다리를 붙잡아 몸을 들어올리고 말뚝에 박으려고 했다.

'이제 죽었구나, 파멸이구나.'라고 생각한 라일리에는 끝까지 당당하게 평정심을 잃지 않으리라던 결심을 잊고서, 오열하며 살려 달라고 애원했다. 하지만 아무도 그의 말을 듣지 않았다.

'이럴 순 없어.' 그가 생각했다. '난 분명 자고 있는 거야. 이건 꿈이야.' 그는 잠에서 깨려고 애를 썼다. '난 라일리에가 아니잖아, 난 아사르하돈이야.' 그는 생각했다.

'넌 라일리에이고, 넌 또 아사르하돈이다.' 어떤 목소리가 들려왔고 처형이 시작됐음을 느꼈다. 그는 비명을 지르며 욕조에서 머리를 쳐들었다. 노인이 그의 위에 서서 잔에 남은 마지막 물을 머리에 붓고 있었다.

"오, 정말 끔찍한 고통이었소! 정말 긴 시간이었소!" 아사르하돈이 말했다.

"긴 시간이라니?" 노인이 말했다. "당신은 머리를 담그자마자 바로 다시 쳐들었다오. 보다시피 잔에 담긴 물을 아직 다 따르지도 않았지. 이제 깨달았소?"

아사르하돈은 아무 대답도 하지 않고 그저 두려움에 사로잡혀 노인을 쳐다봤다.

"이제 깨달았소?" 노인이 말을 이어갔다. "라일리에는 당신이고, 당신이 죽인 군사들도 당신이오. 군사들뿐만이 아니오, 당신이 사냥해서 죽이고 잔치에서 먹었던 짐승들도 당신이라오. 당신은 당신에게만 생명이 있다고 생각했지만, 내가 착각의 덮개를 당신에게서 벗겨 내니 타인에게 악을 행하는 것이 곧 자신에게 행하는 것임을 보게 된 거요. 생명은 모든 걸 통틀어 하나이며, 당신은 그 하나인 생명의 일부만을 자신을 통해 드러내고 있는 것이오. 또 하나인 생명의 일부 안에서만, 즉 자신 안에서만 그 생명을 개선시키거나 악화시킬 수 있고, 늘리거나 줄일 수 있다오. 당신이 자신 안의 생명을 개선시킬 수 있는 유일한 방법은 당신의 생명을 다른 존재와 분리하는 경계를 허물고 다른 존재를 자기 자신으로 여기며 사랑하는 것이오. 당신에겐 다른 존재 안에 있는 생명을 없앨 권한이 없소. 당신에 의해 죽은 존재들의 생명이 당신 눈앞에서는 사라졌지만 그것이 파괴된 것은 아니야. 당신은 자신의 생명은 연장하고 타인들의 생명은 단축시켰다고 생각했지만, 당신은 그런 일을 할 수 없소. 생명에는 시간도 공간도 없다오. 순간의 생명과 천 년의 생명, 당신의 생명과 세상의 모든 보이는 것들, 보이지 않는 것들의 생명이 동등하지. 생명은 파괴할 수도, 바꿀 수도 없는데 그것은 단 하나이기 때문이라오. 나머지는 전부 그렇게 느껴질 뿐이야."

노인은 말을 마치고 사라졌다.

다음 날 아침 아사르하돈 왕은 라일리에와 포로들을 다 풀어 주고 사형을 중단하라는 명을 내렸다.

사흘째 날엔 아들인 아슈르바니팔을 불러 아들에게 왕위를 물려주고, 그 자신은 깨닫게 된 것을 깊이 생각하며 사막으로 떠났다. 그 후엔 나그네의 모습으로 산과 마을을 다니며 생명은 하나이고 다른 존재에게 악을 행하는 것은 곧 자신에게 악을 행하는 것임을 설파했다.

(1903년)

노동, 죽음, 병

ТРУД, СМЕРТЬ И БОЛЕЗНЬ

남아메리카의 인디언들에게는 다음과 같은 전설이 있다.

신이 사람들을 지었는데, 인디언들의 말로는 처음에 사람들은 노동할 필요가 없었고, 집도 옷도 음식도 필요 없었으며, 모두가 백 살까지 살았고 아무런 질병도 없었다고 한다.

얼마간의 시간이 흘러 신은 사람들이 어떻게 살고 있는지 보았는데, 사람들은 자신의 삶에 기뻐하는 대신 자기만을 돌보며 서로 다투었고 기뻐하기는커녕 저주하는 그런 삶을 살고 있었다.

그러자 신이 말하길, 사람들이 따로따로 살고 각자 자신만을 위해 살아서 이렇게 된 것이라고 했다. 그래서 신은 이런 일이 없도록 사람이 노동하지 않고서는 사는 게 불가능하도록 만들었다. 사람들은 추위와 배고픔에 시달리지 않기 위해 집을 지어야 했고, 땅을 파야 했고, 식물을 키워 열매와 곡식을 거둬야만 했다.

노동이 사람들을 하나로 만들 것이라고 신은 생각했다. 혼자서는 나무를 베어 넘어뜨리거나, 통나무를 옮기거나, 집을 지을 수 없으니 말이다. 또 혼자서는 연장을 만들 수도, 씨앗을 심을 수도, 수확할 수도, 실을 뽑아 천을 짜고 옷을 지을 수도 없다. 사람들은 사이좋게 일할수록 더 많이 수확하고 더 잘 살게 된다는 것을 깨닫게 될 것이다. 그래서 서로 연합하게 될 것이다.

또 얼마간의 시간이 흐르자 신은 사람들이 어떻게 살고 있는지 보려고 다시 왔다.

하지만 사람들은 전보다 더 나쁘게 살고 있었다. 그들은 함께 일하고 있었지만(그렇지 않고는 불가능했다), 모두가 다 같이 하는 게 아니라 작은 무리들로 나뉘어졌고, 각각의 무리는 다른 무리로부터 일을 빼앗아 오려고 했다. 계속 서로를 방해하고, 싸우는 데에 시간과 힘을 써버리니 모두가 기분이 나빴다.

이 또한 좋지 않음을 본 신은 사람들이 자신이 죽을 때를 알지 못하도록 하고 어느 순간에라도 죽을 수 있게 하기로 했다. 그리고 사람들에게 이것을 알렸다.

자신이 언제든 죽을 수 있다는 걸 안다면, 언제든 중단될 인생을 위해 애쓰느라 서로 화를 내며 주어진 삶의 시간을 망치진 않을 거라고 신은 생각했다.

하지만 그렇게 되지 않았다. 신이 사람들이 이제 어떻게 살고 있나 보려고 다시 왔을 때도 사람들의 삶은 나아지지 않았다.

타인보다 더 강한 자들은 사람이 어느 때나 죽을 수 있다는 점을 이용하여 약자들을 자신에게 복종시켰고, 다른 이들을 죽이기도 하고 죽음으로 협박하기도 했다. 그래서 강자

노동, 죽음, 병

들과 그 자손들은 아무런 일도 하지 않으면서 한가함에 우울해하고, 약자들은 마지못해 일하며 쉴 수 없어서 우울해하는 그런 인생이 돼 버렸다. 이쪽도 저쪽도 두려워하고 서로를 미워했다. 사람들의 삶은 더욱 불행하게 되었다.

이것을 본 신은 상황을 바로잡기 위해 마지막 수단을 쓰기로 하고 사람들에게 각종 질병을 내렸다. 신은 모두가 병에 걸리도록 만들면 건강한 사람들이 아픈 사람들을 안타깝게 여기고, 자신이 아플 때 다른 건강한 사람이 자신을 도와줄 것이니 아픈 자를 도와야 한다고 생각할 줄 알았다.

신은 또 사람들을 떠났다. 그런데 다시 돌아와 보니 사람들의 삶은 병에 걸리게 된 이후 더욱 나빠져 있었다. 신의 생각에 사람들을 연합하게 했어야 할 질병들이 그들을 더욱 분리시켜 놓았다. 다른 이들이 자신을 위해 일하도록 폭력을 썼던 사람들은 자신이 병에 걸렸을 때에도 다른 이들이 자신을 보살피도록 힘을 행사했고 그 자신은 다른 병자들을 돌보지 않았다. 강제로 다른 이들을 위해 일하고 병자들을 돌보던 이들은 노동으로 인해 너무나 괴로웠다. 그래서 정작 자신의 아픈 가족들을 보살필 틈이 없었고 아무런 도움도 주지 못한 채 내버려 두고 있었다. 또 사람들은 병자들의 모습이 부자들의 즐거움을 망치지 않도록 하기 위해 병자들을 위한 집을 마련했다. 그곳에선 병자들이 그들을 안타깝게 여기는 사람 하나 없이, 안타까움은커녕 혐오감으로 그들을 돌보는 고용된 자들의 품속에서 고통스러워하고 죽어갔다. 게다가 사람들은 대다수의 질병을 전염병으로 간주했다. 그래서 전염될까 무서워 병자를 가까이하지 않았음은 물론이고, 병자를 만진 사람들과도 분리되어 지냈다.

그러자 신은 이 방법으로도 사람들이 자신의 행복이 무엇에 있는지 깨달을 수 없다면 그들이 스스로 고통을 통해 깨닫도록 내버려 두자고 생각했다. 그리고 사람들을 홀로 두고 떠났다.

혼자 남은 사람들은 자신이 행복할 수 있고 행복해야만 한다는 것을 깨닫지 못한 채 오랫동안 살았다. 그리고 마지막 때에 이르러서야 그중에 몇몇 이들은 노동이 누군가에겐 허수아비, 누군가에겐 강제 징역이 되어선 안 되고 사람들을 연합하게 하는 공동의 즐거운 행위이어야 함을 깨달았다. 매시간 죽음이 도사리는 환경에서 각 개인에게 유일한 합리적인 일은 합치와 사랑 가운데 각자에게 주어진 해와 달과 시와 분을 즐겁게 보내는 것임을 깨닫기 시작했다. 질병이 분리의 원인이 되어선 안 될 뿐더러, 오히려 사랑의 교제의 동기가 되어야 함을 깨닫기 시작했다.

(1903년)

노동, 죽음, 병

세 가지 질문

ТРИ ВОПРОСА

한번은 왕이 생각에 잠겼다. 만일 어떤 일을 언제 시작해야 되는지 항상 안다면, 또 어떤 사람들에게 공을 들이고 어떤 사람들에게 공들이면 안 되는지 안다면, 또 여러 일들 중에 무엇이 가장 중요한지 항상 안다면 그 무엇에서도 실패하란 법이 없을 것이다. 이런 생각을 한 왕은 누구든지 왕에게 각각의 일에 알맞은 때가 언제인지 알 수 있는 방법, 어떤 사람들이 가장 필요한 사람들인지 알 수 있는 방법, 많은 일들 중에 무엇이 가장 중요한 일인지 실수 없이 알 수 있는 방법을 가르쳐 주는 자에게 큰 상을 내리겠다고 자신이 다스리는 온 땅에 공고했다.

왕에게 학자들이 와서 그의 질문에 여러 가지로 대답하기 시작했다.

첫째 질문에 어떤 이들은 각각의 일에 알맞은 때를 알기 위해서는 하루, 한 달, 한 해의 시간표를 미리 짜서 계획된 것을 철저히 지켜야 된다고 했다. 그래야만 모든 일이 제때에 이루어진다고 했다. 다른 이들은 무슨 일을 언제 할지 미리 결정해선 안 되고, 헛된 즐거움에 마음을 뺏기지 않고 지금 일어나고 있는 일에 늘 관심을 기울여야 하며, 그렇게 되면 필요한 것을 할 수 있다고 했다. 세 번째 사람들은 지금 일어나고 있는 일에 아무리 관심을 기울인다 해도 무엇을 언제 해야 하는지 사람이 혼자서는 올바르게 결정할 수 없기 때문에 지혜로운 사람들의 조언이 있어야 하고, 그 조언에 따라 언제 무엇을 할지 결정해야 된다고 했다. 네 번째 사람들은 조언자들에게 물어볼 겨를도 없이 당장 시작할지 말지를 결정해야 하는 일들도 있다고 했다. 그것을 알기 위해선 무슨 일이 일어날지를 미리 알고 있어야 하는데 오직 점술가들만이 알기 때문에 각각의 일에 알맞은 때를 알아내기 위해서는 점술가들에게 물어봐야 된다고 했다.

두 번째 질문에도 모두 다른 답을 내놓았다. 어떤 이들은 왕에게 가장 필요한 사람은 왕을 도와 나라를 다스리는 자들이라 했고, 다른 이들은 왕에게 가장 필요한 사람은 사제들이라 했으며, 세 번째 사람들은 왕에게 가장 필요한 사람은 의사들이라 했고, 네 번째 사람들은 왕에게 가장 필요한 사람은 군사들이라고 했다.

무엇이 가장 중요한 일인지에 대한 세 번째 질문에도 이런 식으로 모두 다르게 대답했다. 어떤 이들은 세상에서 가장 중요한 일은 과학이라 했으며, 다른 이들은 가장 중요한 일은 군술軍術이라 했으며, 또 다른 이들은 신을 예배하는 일이라고 했다.

대답들이 다 달랐기 때문에 왕은 그 어떤 말에도 동의하지 않았고 아무에게도 상을 내리지 않았다. 자신의 질문에 올바른 답을 찾기 위해 왕은 천하에 지혜롭기로 유명한 수도자에게 물어보기로 결심했다.

수도자는 숲속에 살면서 외부로 나오지 않았고 오직 평범한 사람들만 맞아들였다. 그래서 왕은 평복을 입고 부하들과 함께 길을 나섰다. 그리고 수도자의 집에 이르기 전에 말에서 내려 혼자 걸어갔다.

왕이 수도자를 찾아왔을 때 수도자는 자신의 통나무집 앞에서 밭을 갈고 있었다. 그는 왕을 보더니 인사를 건네고는 곧장 다시 밭을 갈았다. 야위고 허약한 수도자는 삽을 땅에 박아서 작은 흙덩이들을 뒤엎으며 힘겨운 숨을 내쉬었다.

왕이 그에게 다가가 말했다.

"지혜로운 수도자여, 내가 당신에게 온 것은 세 가지 질문에 대한 답을 얻기 위해서입니다. 나중에 후회하지 않으려면 어느 때를 기억하고 놓치지 말아야 할까요? 누가 가장 필요한 사람이며, 누구에게 더 많이 공을 들이고 누구에게 덜 들여야 할까요? 또 어떤 일이 가장 중요한 일이고, 그렇기에 다른 것들보다 먼저 해야 할 일일까요?"

수도자는 왕의 말을 듣고도 아무 대답이 없었고, 손바닥에 침을 뱉더니 다시 땅을 파기 시작했다.

"당신은 너무 지쳤어요." 왕이 말했다. "삽을 내게 주세요, 내가 대신 일하지요."

"고맙소." 수도자가 말했다. 그리고 삽을 건네주고는 땅바닥에 앉았다.

왕은 밭고랑 두 줄을 갈고 난 후 질문을 반복했다. 수도자
는 아무 말도 하지 않은 채 일어나서 삽을 달라고 손을 내밀
었다.

"당신은 이제 좀 쉬시오. 내가 하리다." 그가 말했다.

그러나 왕은 삽을 주지 않고 다시 밭을 갈기 시작했다. 한
시간, 또 한 시간이 지났다. 해가 나무들 위로 뉘엿뉘엿하자
왕이 삽을 땅에 꽂고 말했다.

"지혜로운 자여, 내가 당신에게 온 것은 질문에 답을 얻기
위해서입니다. 만일 대답을 주지 못하신다면 그렇다고 말해
주세요. 집으로 돌아가겠습니다."

"저기 누군가 여기로 달려오는데." 수도자가 말했다. "누군
지 봅시다."

왕이 뒤를 돌아보자 정말로 숲속에서 턱수염이 더부룩한
사람이 달려오고 있었다. 그 사람은 두 손으로 배를 부여잡
고 있었고 손 밑으로 피가 흘렀다. 왕에게 가까이 달려온 턱
수염 사내는 땅에 쓰러지더니 눈이 뒤집힌 채 움직임 없이 미
세한 신음 소리만 냈다.

왕은 수도자와 함께 그의 옷을 벗겨 냈다. 배에 커다란 상
처가 있었다. 왕은 할 수 있는 대로 상처를 씻어 내고 자신의
숄과 수도자의 수건으로 상처를 싸맸다. 하지만 피가 멎지 않
아서 왕은 따뜻한 피로 젖은 헝겊을 몇 번이나 벗겨 내어 빨

고 다시 상처를 싸맸다.

피가 멈추자 부상당한 사람이 깨어나 물을 달라고 했다. 왕은 시원한 물을 가져와서 그에게 마시게 했다.

그러는 동안 해는 완전히 넘어가고 서늘해졌다. 왕은 수도자의 도움을 받아 부상자를 작은 방으로 옮기고 침대에 눕혔다. 부상자는 침대에 누워 잠들었다. 오랜 걸음과 노동으로 인해 몹시 피곤했던 왕도 문지방에 몸을 기댄 채 잠들었고, 아주 깊은 잠에 빠져서 짧은 여름밤을 그렇게 보냈다. 그리고 아침에 깼을 때는 자신이 어디에 있는 건지, 침대에 누운 채로 눈을 반짝이며 자신을 뚫어져라 쳐다보는 턱수염 난 이상한 사람은 누구인지 오랫동안 이해할 수 없었다.

"나를 용서하시오." 잠에서 깬 왕이 자신을 쳐다보자 턱수염 난 사람이 여린 목소리로 말했다.

"난 당신이 누군지도 모르는데 용서하고 말고 할 것도 없소." 왕이 말했다.

"당신은 날 모르지만 난 당신을 압니다. 나는 당신을 죽이겠다고 맹세했던 바로 그 원수입니다. 당신이 내 동생을 처형하고 내 재산도 빼앗았기 때문이지요. 당신이 혼자 수도자에게 갔다는 걸 알고서 거기서 돌아오는 길에 당신을 죽이기로 결심했습니다. 하지만 하루가 다 지났는데도 당신은 오질 않았지요. 그래서 당신이 어디에 있는지 알아보려고 매복하고 있던 곳에서 나왔다가 그만 당신의 부하들과 마주쳤어요. 부하들이 나를 알아보고 공격했고 내게 상처를 입혔지요. 난 그들에게서 도망쳤습니다. 하지만 피를 많이 흘려서 만일 당신이 내 상처를 싸매 주지 않았다면 난 죽었을 겁니다. 나는 당신을 죽이려고 했지만 당신은 내 목숨을 구했어요. 만일 내가 목숨을 부지하게 된다면, 그리고 당신이 원하기만 한다면 난 당신의 가장 충실한 노예가 되어 당신을 섬기고 내 아들들에게도 그렇게 지시하겠습니다. 나를 용서하십시오."

왕은 이토록 쉽게 자신의 원수와 화해하게 된 것이 매우 기뻤고 그를 용서했을 뿐만 아니라 그의 재산을 돌려주겠다고 약속했다. 또 그에게 자신의 하인들과 의사를 보내 주기로 했다.

부상자와 헤어진 후 왕은 현관 밖으로 나와 수도자를 찾았다. 떠나기 전에 자신의 질문에 대한 답을 다시 한번 청하고 싶었기 때문이다. 수도자는 뜰에 있었는데, 어제 갈아엎은 밭이랑 옆에서 무릎을 땅에 대고 기어 다니며 씨앗을 심고 있었다.

왕이 그에게 다가가 물었다.

"지혜로운 자여, 마지막으로 내 질문에 답해 주시길 청합니다."

"아니, 이미 답을 찾지 않았소." 수도자가 야윈 장딴지를 구부리고 앉더니 앞에 서 있는 왕을 아래서 위로 올려다보며 말했다.

"답을 찾았다니요?" 왕이 말했다.

"그렇고말고." 수도자가 말했다. "만약 어제 내 허약함을 안 타까이 여겨서 내 대신 밭을 갈지 않고 혼자 그냥 돌아갔다 면 그 용사가 당신을 공격했을 테고, 그럼 당신은 이곳에 남 지 않은 것을 후회했겠지. 그러니 가장 알맞은 때는 당신이 밭을 갈았던 바로 그때였던 거요. 또 내가 바로 가장 중요한 사람이었고, 가장 중요한 일은 내게 선행을 베푸는 일이었지. 그 후로 그 사람이 달려왔을 때는 당신이 그를 보살핀 그때가 가장 알맞은 때였어. 왜냐하면 당신이 상처를 싸매 주지 않았 다면 그 사람은 당신과 화해하지 못한 채 죽었을 테니까. 그 러니 그 사람이 가장 중요한 사람이었고, 당신이 그에게 한 일 이 가장 중요한 일이었다오. 그러니 기억하시오. 가장 중요한 때는 하나뿐이지, 지금이오. 지금이 가장 중요한 이유는 오직 이 순간에만 우리가 제 스스로를 다스릴 수 있기 때문이라 오. 가장 필요한 사람은 지금 당신이 만난 사람이오. 왜냐하 면 또 다른 누군가를 만날 수 있게 될지는 모르기 때문이오. 그리고 가장 중요한 일은 바로 그 상대에게 선을 행하는 것이 지, 오직 그것을 위해 사람에게 삶이 주어졌기 때문이라오."

(1903년)

가난한 사람들[*]

БЕДНЫЕ ЛЮДИ

[*] 이 작품은 톨스토이가 어린이 독서집에 싣기 위해 프랑스 작가 빅토르 위고의 시 「Les pauvres gens(가난한 사람들)」을 개작한 것이다.

어부의 아내인 잔나는 집 안을 치우고, 아이들을 먹이고—
그녀에겐 세 아이가 있었다— 잠자리에 눕혔는데 내내 남편
에 대한 생각이 끊이지 않았다. 그녀의 남편 폴은 아침에 그
물을 가지고 바다에 나갔다. 정오부터 바람이 불더니 저녁이
되자 풍랑이 일었다. 날이 완전히 어두워졌는데 폴은 아직 돌
아오지 않았다. 이들은 가난했고 오로지 남편이 잡아오는 생
선으로 생계를 이어갔다. 어부들에게 자주 일어나는 일이듯,
그가 바다에 빠져 죽기라도 하면 가족들은 어찌 될까. 그러나
잔나를 불안하게 하는 것은 가난만이 아니었다. 폴은 말수가
적고 겉으로 보기엔 냉혹한 사람이지만 그들은 10년을 함께
살며 서로를 사랑했다. 잔나는 공포에 사로잡혀 폴이 돌아오
지 않으면 어쩌나 생각했다. 그녀는 몇 번이나 달려 나가 밖
을 살피고 소리에 귀를 기울였다.

캄캄했고 바다에 이는 요란한 파도와 지붕 위로 쌩쌩거리
는 바람 소리 외엔 아무 소리도 들리지 않았다. 밖으로 나온
잔나는 어둠에 익숙해지자 먼바다를 바라보기 시작했다. 그
러나 아무것도 보이지 않았고, 그가 돌아오지 않으면 자신과
아이들은 어떻게 하나 하는 끔찍한 생각만 이어졌다. 그러다
가 이웃집 과부 리자가 떠올랐다. 그녀의 남편도 바다에서 사

라졌었다. 잔나는 그녀가 병을 앓고 있었다는 게 생각났다. '리자한테 가봐야겠어.' 잔나가 생각했다. 그리고 집으로 돌아와 등불을 들고 이웃집 여자에게로 향했다. 바람에 몸이 떠밀리고, 치마가 다리에 들러붙고, 등불은 이내 꺼져 버리고, 하마터면 넘어질 뻔했지만 어찌어찌 이웃집에 다다라서 문을 두드렸다.

대답이 없었다. 그녀는 문을 밀고 들어가서 등불을 켰다. 이웃집 여자는 더 이상 아프지 않았다. 그녀는 움직임 없이 누워 있었고, 창백하고 차가웠다. 침대 위 그녀의 발 옆에 두 아이가 있었다. 다섯 살배기 아들과 세 살배기 딸이다. 여자아이는 남자아이의 가슴에 머리를 대고 누워서 한 손으로 그를 안고 있다.

잔나는 깊이 생각할 것도 없이 조용히 여자애를 품에 안았다. 아이는 깨지 않았지만 소년이 잠에서 깨어 울기 시작했다. 잔나는 소년을 타일러 울음을 그치게 하고 곧 데리러 오겠다 약속하고는 바람을 헤치며 여자애를 안고 급히 갔다. 집에 와서 아이를 휘장 너머 자신의 침대에 내려놓고 소년을 데리러 갔다.

아이들을 데려와 잠자리에 눕히고 우유를 먹이니 잠에 들었다.

잔나는 불 가에 앉아 몸을 녹이며 자신에게 닥칠 일을 생각했다. 남편이 사라지면 다섯 아이들과 어떻게 살아야 할까? 남편이 돌아오면 이 고아들에 대해 뭐라고 해야 할까? 아이들을 맡는 걸 허락하지 않을 것이다. 그는 냉혹한 사람이다. '나의 하나님, 나의 하나님, 나를 도우소서.' 그녀가 생각하는 동안 손가락은 익숙한 뜨개질로 바삐 움직였다.

바람은 여전히 윙윙대는데 갑자기 바람 속에서 문턱을 오르는 발자국 소리 같은 게 들려왔다. '아니겠지. 아냐. 그 사람이야.' 그 순간 문이 떨리며 열리더니 흘러내리는 바닷물로 바닥을 적시며 키가 크고 어깨가 넓은 남편의 체구가 방 안에 들어섰다.

그는 옷을 갈아입고 저녁을 먹은 뒤 담뱃대를 물고 불 가에 앉았다. 그녀는 계속 말하고 싶었지만 결단을 내리지 못했다. 그런데 그가 먼저 물었다.

"이웃집 여자는 좀 어때?"

"죽었어." 잔나가 숨을 죽이며 말했다. '지금 말해야 돼. 근데 말해도… 허락하지 않을 거야.'

"그럼 애들은 어딨어?" 남편이 물으며 얼굴을 굳혔다.

"애들? 몰라… 애들은……." 잔나는 당혹스러웠다.

"애들까지 죽으라고? 데려와야 돼." 불을 보며 그가 말했다.

"파벨, 파벨, 일어나서 이리 와 봐." 그녀가 침대 휘장으로 다가서며 말했다. "이리 와 봐." 그녀가 말하고는 울음을 터뜨렸다.

그가 일어나 그녀에게 다가갔다. 그녀는 휘장을 젖혔다. 아

톨스토이 단편선

이들은 자신의 집에서처럼 서로를 껴안고 침대에 잠들어 있었다.

"그럼 그래야지!" 파벨이 말하더니 잔나의 어깨를 토닥이며 미소 지었다. "다 살아야지."

(1907년)

역자후기

———

"러시아에는 두 명의 왕이 있다. 니콜라이 2세와 레프 톨스토이." 출판가이자 작가, 저널리스트인 알렉세이 수보린의 말이다. 이 짧은 문장으로 19세기와 20세기를 살아가는 동시대인들에게 톨스토이가 얼마나 큰 영향력을 끼쳤는지 짐작이 된다.

톨스토이… 왠지 세련되고 예쁘게 들리는 이름. 누군가 이 이름을 말하면 그가 더 멋져 보이고, 그 이름을 알고 있는 나도 어쩐지 우쭐해지는 이름.

하지만 우리의 대화는 보통 이 정도이지 않을까.

  −톨스토이 알아?

  −유명한 러시아 작가잖아.

  −『전쟁과 평화』랑 『안나 카레니나』 쓴 사람!

  −그치. 읽어 봤어?

  −아니, 영화는 봤어. 키이라 나이틀리 나오는 거.

  −나도 봤어, 〈안나 카레니나〉! 재밌더라!

  −책도 찾아봤는데 엄청 길더라. 세 권짜리야.

—아, 그래? 샀어?

—그걸 어떻게 읽냐…….

—그치…….

톨스토이를 세계적인 작가로 만든 『전쟁과 평화』를 읽어 봤냐는 질문에 어느 러시아인은 우스갯소리로 "'평화'만 읽었다"고 답했다. 이렇듯 톨스토이의 대작을 처음부터 끝까지 정독하는 것은 누구에게든 쉬운 일이 아니다. 더군다나 지루한 걸 못 참고 책보다 다른 것들에 관심이 많은 학생들에게 고전이란, 러시아나 한국이나 마찬가지로 '필독서이긴 하나 직접 읽는 건 바보 같은 짓이므로 시험을 위해 줄거리, 등장인물, 작가의 의도 등을 머릿속에 넣는 것'이 되기 십상이다. 대부분의 우린 문학을 그렇게 '공부하고' 지나쳤고 지금도 별반 다를 것 없이, 재미있는 게 참 많은 세상에서 고전까지 읽을 여유는 없는 일상을 산다.

고마운 것은 최고의 수식어가 따라붙는 대문호 레프 톨스토이가 서너 권 분량의 대작만 쓴 게 아니라 단 한 쪽짜리 동화, 심지어 몇 줄 안 되는 우화도 지었다는 사실이다. 그의 독자는 세계사와 철학을 알고, 외국어를 하고, 여유로운 저녁을 보낼 수 있는 귀족들과 지식인들만이 아니었다. 그는 종일 들판에서 힘겹게 일하는 농노들, 제대로 교육받지 못한 채 커가는 아이들을 이웃으로 여기며 그들을 더없이 사랑했다. 그래서 자신이 믿고 있는 진리, 인생의 중요한 원리들을 쉽고 짧은 이야기에 담았으며, 이미 전해져 내려오는 민화를 바탕으로 다수의 작품을 썼다.

그가 전하는 것은 하나같이 사랑이다. '다른 사람을 위하는' 사랑. 그는 혼자 살아남는 것은 결국 죽음이며, 다 같이 살아야만 나도 살 수 있음을 강조했다. 사랑의 중심이 되어야 할 교회가 신의 이름으로 사람들을 괴롭히고, 예수 그리스도의 제자라는 그리스도인들이 스스로를 위하는 거짓 사랑으로 살아가고 있음을 비판했다.

타인을 진심으로 위하는 사람의 삶은 단출하고 소박하다. 삶의 목적이 자기 자신을 향할수록 모순적이게도 타인의 시선과 평가에 얽매이고, 높은 곳을 향할수록 욕망에 발이 묶여 타락한다.

달리라고 재촉하는 세상, 달려야만 안심하는 우리. 하지만 달리면서는 진정한 사랑을 할 수 없을 것이다. 톨스토이의 이야기가 우리를 잠시 멈춰 세우고 다시 걸음을 걷게 할 수 있을까? '너의 쓸모를 증명하라'는 세상의 비딱한 요구에 바보 이반처럼 "뭐, 그렇다면." 쿨하게 답하고서 그저 내가 해야 할 사랑을 묵묵히 할 수 있을까?

기억 속에 어렴풋이 남아 있던 그의 단편들을 이번에 직접 번역하면서 즐겁기도, 슬프기도 했다. 동화 같은 이야기가 오히려 날카롭게 다가오기도 했고, 적나라한 사회 비판에 감탄하기도 했다. 또 어릴 때부터 기독교인으로 자라며 열심히 신앙생활을 해왔다고 생각했던 내 자신이 부끄럽기도 했다. 그리고 신을 믿는다는 것, 사랑한다는 것이 무엇인지, 그것이 내 삶에서 어떤 모습으로 드러나야 할지를 다시 생각하고 있다.

이 책이 종교인과 비종교인을 떠나 모두에게 자신의 삶을 찬찬히 들여다보고 더욱 아름답고 건강한, 본질적인 가치를 추구하는 삶으로 가꾸어가는 데 격려가 되었으면 한다. 그리고 누군가와 대화를 나누다가 "톨스토이는 단편도 참 좋아!"라고 말할 수 있게 한다면, 톨스토이를 더 알고 싶다는 마음을 들게 한다면 더없이 좋겠다.

네 권짜리 『전쟁과 평화』, 세 권짜리 『안나 카레니나』는 달리지 않고 걸을 수 있는 용기와 여유가 있을 때, 인기 있는 TV 프로그램과 넷플릭스의 유혹을 뿌리치는 어느 날에 집어 든다면 무모한 도전으로 끝나진 않을 것이다. 역자도 아직 『전쟁과 평화』는 못 읽어 봤다는 고백을 굳이 위안처럼 건네며……

2020년 여름

김선영

레프 톨스토이 연보

1828년 9월 9일. 러시아 툴라주에 위치한 영지 야스나야 폴랴나에서 아버지 니콜라이 일리치 톨스토이 백작, 어머니 마리아 니콜라예브나 톨스타야의 4남 1녀 중 넷째 아들로 태어남.

1830년. 여동생이 태어나고 수개월 후 어머니 사망.

1837년. 1월에 가족이 모스크바로 이주. 6월에 아버지 급사.

1841년. 톨스토이가(家) 후견인이던 고모 오스텐-사켄 사망. 카잔에 사는 막내 고모 유시코바의 집으로 이주.

1844년. 카잔대학교 아랍-터키어과 입학.

1845년. 카잔대학교 법학과로 재입학.

1847년. 대학 중퇴. 야스나야 폴랴나로 돌아감.

1850년. 툴라주 청사 근무.

1851년. 중편 「유년 시절」 집필 시작. 캅카스로 가서 군에 입대함.

1852년. 단편 「습격」 집필. 문학지 《동시대인》 제9호에 중편 「유년 시절」 발표.

1853년. 중편 「카자크인들」 집필(1862년 완성).

1854년. 중편 「소년 시절」 집필.

1855년. 단편 「12월의 세바스토폴」 「5월의 세바스토폴」 「1855년 8월의 세바스토폴」 집필. 페테르부르크로 옴. 투르게네프, 네크라소프, 곤차로프 등 여러 작가들을 만남.

1856년. 제대. 중편 「청년 시절」 집필.

1857년. 중편 「알베르트」 집필(1858년 완성). 프랑스, 스위스, 독일로 첫 해외여행. 단편 「루체른」 집필.

1858년. 단편 「세 죽음」 집필.

1859년. 중편 「가정의 행복」 집필.

1859년. 야스나야 폴랴나에 학교를 열고 아이들을 가르치기 시작.

1860년 – 1861년. 두 번째 해외여행(독일, 스위스, 프랑스, 영국, 벨기에). 장편 『데카브리스트』 집필(미완). 중편 『폴리쿠시카』 집필(1862년 완성).

1860년 – 1863년. 중편 『홀스토메르』 집필(1885년 완성).

1861년 – 1862년. 미르(농촌 공동체) 중재자로 활동.

1862년. 교육 월간지 《야스나야 폴랴나》 발행. 9월, 소피야 안드레예브나 베르스와 혼인.

1863년. 장편 『전쟁과 평화』 집필 시작.

1864년 – 1865년. 최초로 톨스토이 작품집 제1, 2권 발행.

1865년 – 1866년. 월간지 《러시아 통보》에 '1805년'이라는 제목으로 (향후) 『전쟁과 평화』 1, 2부 연재.

1866년. 화가 M.S. 바쉴로프와 만나고 『전쟁과 평화』의 삽화 작업을 맡김.

1868년 – 1869년. 『전쟁과 평화』 총 6권 전집으로 최초 발행. 이후 총 4권으로 개정됨.

1870년. 장편 『안나 카레니나』 구상.

1870년 – 1872년. 표트르 1세에 관한 소설 집필(미완).

1871년 – 1872년. 아이들을 위한 읽기, 쓰기, 산수 학습서인 『아즈부카』 집필.

1873년 – 1877년. 장편 『안나 카레니나』 집필.

1874년. 논문 「국민교육에 대해서」 집필. 『새로운 아즈부카』 『읽기를 위한 러시아 책들』 집필(1875년 발행).

1875년. 《러시아 통보》에 『안나 카레니나』 연재 시작.

1876년. 작곡가 표트르 차이콥스키 만남.

1877년. 《러시아 통보》 발행인과 세르비아 전쟁에 관한 견해차로 인해 『안나 카레니나』 제8부를 별도로 발행함.

1878년. 『안나 카레니나』 단행본 발행.

1879년. 『참회록』 『교리신학연구』 집필. 작가 가르쉰, 화가 레핀을 만남.

1881년. 단편 「사람은 무엇으로 사는가」 집필.

1882년. 논설 「그래서 우린 어떻게 해야 하는가?」 집필(1886년 완성). 모스크바의 돌고-하모브니체스키에 자택 구입(현재 톨스토이 자택 박물관). 중편 「이반 일리치의 죽음」 집필(1886년 완성).

1883년. 편집 발행인 체르트코프를 만남. 논문 「나의 신앙은 무엇에 있는가?」 집필.

1884년. 단편「광인의 수기」집필(미완). 출판사 '중재자' 설립.

1885년. 민화「두 형제와 황금」「일리야스」「사랑이 있는 곳에 하나님도 있다」「불을 놓치면 끌 수 없다」「촛불」「두 노인」「바보 이반과 그의 두 형제 이야기」등 집필.

1886년. 희곡「어둠의 권세」「계몽의 열매」집필(1890년 완성).

1887년. 중편「크로이처 소나타」「빛이 있을 때 빛 가운데 다니라」, 단편「수라트의 찻집」「지혜로운 처녀」등 집필.

1889년. 중편『악마』집필. 장편『부활』집필(1899년 완성).

1890년. 중편『신부 세르기』집필(1898년 완성).

1891년. 《러시아 신문》과 《새 시대》의 편집부에 1881년 이후 작품에 대한 저작권을 포기하겠다는 내용의 편지를 보냄. 논설「굶주림에 대하여」집필.

1891년 – 1893년. 기근에 시달리는 랴잔주의 빈민을 위해 구호 조직을 꾸려 활동함.

1893년. 논설「종교와 윤리」「그리스도교와 애국심」, 단편「세 가지 비유」집필.

1894년. 단편「주인과 일꾼」「젊은 왕의 꿈」집필.

1895년. 안톤 체호프와 만남. 농민 체벌에 반대하는 논설「부끄럽다」집필.

1896년. 희곡「그 빛이 어둠 속에서 비치니」, 중편「하지-무라트」(1904년 완성), 논설「기독교 교리」「이탈리아인들에게 보내는 편지」「애국심인가 평화인가?」「자유주의자들에게 보내는 편지」등 집필.

1897년 – 1898년. 툴라주 빈민구호 조직을 꾸림. 논설「기근인가 기근이 아닌가?」집필. 정부의 탄압을 피해 캐나다로 이주하는 두호보르 교도들을 위해『신부 세르기』와『부활』의 출판을 결심함.

1899년. 잡지 《니바》에『부활』연재 시작. 논설「우리 시대의 노예제도」집필.

1900년. 희곡「산 송장」집필(1911년 발표). 논설「이게 과연 필요한가?」「출구는 어디에?」「애국심과 정부」등 집필.

1901년. 정교회 종무원에서 파문당함. 요양을 위해 크림반도의 가스프라로 떠남.

1902년. 니콜라이 2세에게 보낸 편지에서 토지 사유제를 폐하고 백성에 대한 압제를 멈춰 달라고 호소. 단편「지옥의 붕괴와 재건」집필.

1903년. 산문「회상록」집필(1906년까지 지속). 단편「무도회가 끝난 후」「노동, 죽음, 병」「하느님의 일과 사람의 일」집필.

1904년. 러일전쟁 관련 논설 「재고하라!」, 중편 「위조 쿠폰」(1911년 발표), 회상록 「나의 인생」 집필.

1905년. 체호프의 단편 「선녀」 후기, 논설 「러시아의 사회운동에 대하여」 「초록 막대기」, 단편 「코르네이 바실례프」 「항아리 알료샤」 「나무딸기」, 중편 「장로 표도르 쿠즈미치의 유고」 집필.

1906년. 단편 「무엇 때문에?」 「내가 꿈에서 본 것」, 논설 「러시아 혁명의 의미」 「자신을 믿으라」 집필.

1907년. 논설 「우리의 인생관」 「왜 기독교 국가들, 특히 러시아는 지금 빈곤에 처해 있는가」 「아무도 죽이지 말라」 집필.

1908년. 80세를 맞아 전 세계로부터 축하 서신과 전보를 받음. 논설 「침묵할 수 없다!」 「폭력의 법과 사랑의 법」 「그리스도교와 사형제」 등 집필.

1909년. 중편 「세상에 유죄인 사람은 없다」, 단편 「누가 살인자인가? 파벨 쿠드랴쉬」, 수필 「행인과의 대화」 「시골의 노래」, 논설 「의식의 혁명」 「하나인 계명」 등 집필.

1910년. 단편 「호딘카」 「좋은 땅」 「시골에서의 3일」, 사형제 반대 논설 「유효한 수단」 집필. 11월 10일 주치의와 함께 야스나야 폴랴나 영지를 떠남.

1910년 11월 20일. 랴잔주 아스타포보역(현재 톨스토이역) 역장의 관사에서 폐렴으로 사망. 11월 27일 야스나야 폴랴나 영지에 안장.

가난한 사람들

표도르 도스토옙스키 단편선
김선영 옮김 | 하드커버 | 268쪽

가진 것 없고, 억눌리고, 소외당하는 사람들, 그들의 불행한 사랑에 러시아가 울었다!

"제2의 고골이 등장했다!" 무명작가에게 쏟아진 평단의 극찬
단숨에 러시아 문단의 총아로 떠오른 도스토옙스키의 등단작!

대도시의 초라한 뒷골목에 사는
중년의 하급관리 마카르와 고아 소녀 바르바라는
편지를 주고받으며 서로의 속 깊은 이야기를 털어놓는다.
그들이 주고받는 54통의 편지글에는 경제적 빈곤,
사람들의 조롱과 따가운 시선으로 하루하루
절박하게 살아가는 그들의 삶이 그대로 녹아 있다.
가엾고 불행한 사람들의 눈앞에 놓인 삶과 문제들,
생각과 감정, 심리 상태를 적나라하게 파헤친 이 작품은
러시아 문단으로부터 '사실주의적 휴머니즘'의 걸작이라는
평가를 받으며 도스토옙스키를 일약 유명 작가로 만들었다.